하북팽가
검술천재

하북팽가 검술천재 26

2024년 4월 19일 초판 1쇄 인쇄
2024년 4월 24일 초판 1쇄 발행

지은이 이도훈
발행인 김관영

기획 박경무 강민구 임동관 조익현 최시준 신정윤
책임편집 주현진
마케팅지원 유형일 장민정

발행처 (주)로크미디어
출판등록 2003년 3월 24일
주소 서울시 마포구 마포대로 45 일진빌딩 6층
Tel (02)3273-5135 Fax (02)3273-5134
홈페이지 rokmedia.com E-mail rokmedia@empas.com

© 이도훈, 2022

값 9,000원

ISBN 979-11-408-2176-1 (26권)
ISBN 979-11-354-7650-1 04810 (세트)

이도훈 신무협 장편소설

하북팽가
검술천재

26

차
례

눈치 싸움   7

진위   67

낚시는 미끼가 중요한 법   125

뼈를 때리고 살을 취하다   187

문을 열어 주시죠   249

눈치 싸움

한빈이 아무렇지 않게 말을 이었다.

"이분은 제 사부님 중 한 분이신 적룡대협이십니다."

"적룡대협이시라고요?"

독호가 적잖게 놀란 듯 눈을 크게 떴다.

청운사신에 천수장주까지만 해도 놀라운데, 적룡대협까지 백독문에 왔다니!

놀람도 잠시, 의심 한 줄기가 독호의 머리를 치고 지나갔다.

그때 붉은 도포를 휘날리며 수염을 쓸어내리는 적룡대협.

그는 어색하게 독호를 향해서 포권했다.

"나는 대협이란 허울 좋은 호칭을 듣는 적룡이외다."

"아, 만나 뵙게 되어서 영광입니다."

독호가 마주 포권했다.

슬쩍 눈치를 보니 고수의 기세는 느껴지지 않았다.

적룡대협이 맞는다면 분명 반박귀진의 경지에 오른 것이 분명했다.

독호가 눈을 빛냈다.

고수의 기세가 느껴지지 않는다는 점에서 반쯤은 넘어간 것이다.

말도 되지 않는 상황에 독호가 놀라워하고 있을 때였다.

청운사신이 헛기침하며 적룡대협을 바라봤다.

"흠."

"아, 청운사신도 미리 와 계셨구려."

마치 아는 듯 친근하게 인사를 건네는 청운사신은 지금 석상이 되어 있었다.

그의 시선은 한빈에게 꽂혀 있었다.

아우인 한빈의 모습은 아무리 생각해도 정상이 아니었다.

피에 전 무복은 피가 말라서 풀을 먹인 것 같았다.

한참을 보던 팽혁빈이 고개를 갸웃했다.

아우인 한빈을 보고 있자니 이해가 안 되는 점이 하나 있었다.

처음에는 설화와 청화의 부축을 받았다.

팽혁빈이 보기에 한빈의 몸에는 한 줌의 내공도 남아 있지 않았다.

그런데 시간이 지나자 이전처럼 경공술을 펼쳤다.

피곤에 찌든 모습이긴 해도, 경공술만 본다면 부상을 입었다는 생각이 전혀 들지 않았다.

과연 어떻게 된 일일까?

모두의 시선에도 한빈은 먼 산을 보고 있었다.

물론 먼 산이 아니라 용린검법의 구결을 확인하는 중이었다.

[심화편]

[속(速) : 일(一)]

[……]

다른 구결은 텅텅 비었지만, 속의 구결은 하나 남아 있었다.

평소대로라면 회복할 수 없는 시간이었다.

이 구결을 회복할 수 있었던 것은 바로 새로 얻은 초식 덕분이었다.

'대기만성.'

이 초식을 펼치는 데는 공력도 구결도 필요하지 않았다.

대기만성은 한마디로 구결의 회복 속도를 높여 주는 초식이었다.

한빈은 대기만성을 펼치고 혈후와 대화를 나누었다.

시간을 벌기 위해서였다.

대기만성을 펼치고 나니 바로 다섯 개의 구결이 회복되었다.

그 후에는 일각에 하나씩 구결이 자연스럽게 회복됐다.

그 후 대기만성을 다른 구결로 옮겼다.

한빈의 선택은 바로 지(智)의 구결이었다.

지의 구결은 상단전과 밀접한 관련이 있었다. 즉, 머리를 쓰는 데는 이만큼 효과적인 구결이 없다는 말이었다.

문제는 지의 구결은 저절로 회복되지 않는다는 점이다.

학자와의 대화 혹은 사건 해결과 같은 상황을 통해서만 늘어나는 것이 지의 구결이었다.

그렇다면 대기만성은 지의 구결을 회복시킬 수 있을까?

만약 그게 가능하다면 대기만성은 한빈에게 가장 필요한 구결이 맞았다.

대기만성이 영향을 끼치는 구결은 하나.

한빈은 지금 막 구결을 바꾸었다.

순간 용린검법의 심화편이 깜빡이기 시작했다.

[심화편]

[……]

[지(智) : 오(五)]

지의 구결이 바로 늘어났다.

이건 상상도 못 할 만큼 효율이 좋은 초식이었다.

대상 구결을 바꾸자 바로 텅 비어 있던 구결이 다섯 개로 변했다.

이것만 잘 이용한다면, 모든 구결을 순식간에 다섯 개씩 회복할 수 있다는 말이었다.

어찌 보면 천급 초식 중에서 최고의 초식이라 할 수 있었다.

한빈은 자신도 모르게 진득한 미소를 지었다.

사람들이 그의 표정 변화를 모를 리 없었다.

가장 당황한 것은 다름 아닌 팽혁빈이었다.

그는 아우가 저런 표정을 지을 때마다 어떤 일이 일어나는지 잘 알고 있었다.

결과는 항상 좋았지만, 과정까지 좋다고는 할 수 없었다.

아우가 저런 표정을 짓고 난 뒤에, 주변 사람들은 항상 생고생을 했다.

말이 좋아 생고생이지, 죽을 고비를 한두 번 넘긴 것이 아니었다.

팽혁빈은 적잖게 강호의 칼밥을 먹었다고 자부하는 무인 중 하나였다. 그런데 그가 이제까지 홀로 겪은 수많은 사건보다 한빈과 함께한 사선이 더 많았다.

정확히 표현하자면, 아우는 사건 제조기란 말이었다.

그리고 저 웃음은 사건의 전조 현상이고 말이다.

그때 팽혁빈의 귓가에 걱정 가득한 목소리가 들려왔다.

"어디 불편하십니까? 대협."

"아닙니다."

"불편하시면 먼저 쉬시는 것도 나쁘지는 않을 것 같습니다."

걱정 가득한 눈으로 바라보는 이는 바로 적룡대협이었다.

"걱정 감사합니다. 하지만 저는 괜찮습니다."

팽혁빈은 자연스럽게 턱수염을 쓸어내리며 힐끔 적룡대협을 확인했다.

누군지 파악하기 위해서였다.

적룡대협을 바라보자 조금 전 마주했던 혈후가 떠올랐다.

혈후라는 자에 관한 것은 탈출하느라 경황이 없어 물어보지도 못했다.

멀리서 보기에도 혈후의 무공은 무시무시했다.

아우를 구출하겠다는 신념이 없었다면 그리 능청스럽게 청운사신을 연기할 수는 없었을 것.

그는 오로지 한빈을 구하겠다는 일념으로 혈후와 마주했다.

팽혁빈은 이 순간까지 옆을 바라볼 생각도 못 했다.

혈후라는 여인의 무공은 그만큼 대단했다.

기세만으로도 피부가 따끔거리게 할 정도라니!

적룡대협을 바라보며 혈후를 떠올리던 팽혁빈이 미간을 좁혔다.

이제 여유가 생기니 적룡대협이라 밝힌 이의 신분이 궁금해진 것이다.

분명히 누군가 적룡대협으로 변장한 것이 분명했다.

적룡대협을 보던 팽혁빈의 눈이 커졌다.

덧붙인 턱수염 속에 가려진 얼굴이 왠지 눈에 익었다.

"허……."

팽혁빈이 자신도 모르게 헛숨을 뱉었다.

그 얼굴은 아우인 한빈의 모습과 비슷했다.

청운사신으로 변장한 팽혁빈은 아우를 바라봤다.

그러고는 다시 적룡대협을 바라봤다.

분명 상대는 한빈에게 허락을 받고 천리 표국의 이세명을 쫓아 북해로 향했던 이무명이었다.

여러 감정이 팽혁빈의 생각을 비집고 들어왔다.

그중 가장 큰 것은 불안감이었다.

그가 이렇게 왔다는 것은 천리 표국의 표행에 문제가 생겼다는 말이었다.

할 말은 많지만, 지금은 물어볼 수도 없는 처지였다.

아니나 다를까.

독호가 반응했다.

그들 사이에 흐르는 묘한 기류를 발견한 것이다.

서로 아는 것 같기도 하고 모르는 것 같기도 하고.

서로 협력하는 것 같기도 하고 서로 경계하기도 하는 것 같은 묘한 상황이었다.

독호는 백독문의 지낭이라 불리는 무인이었다.

그는 남을 함부로 믿지 않는 성품을 지녔다.

묘한 분위기에 독호가 다시 머리를 굴렸다.

독호가 눈을 가늘게 뜨고 상황을 바라봤다.

적룡대협에 청운사신 그리고 천수장주라?

아무리 생각해도 이 상황이 이해되지 않았다.

거기에 천수장주가 적룡대협과 청운사신의 제자라고?

독호는 조심스럽게 주변을 살폈다.

그들이 서 있는 곳은 아직 사선이었다.

백독문의 독진은 사선을 두 단계로 나눈다.

첫 번째 사선은 누가 봐도 흉흉한 몰골로 길이 나 있는 담장 아래였다.

죽은 나무와 풀 그리고 풀벌레 소리도 들리지 않기에, 대부분의 사람은 첫 번째 사선을 알아본다.

하지만 두 번째 사선은 독인들도 알아보지 못한다.

그들이 서 있는 곳이 바로 두 번째 사지였다.

발아래에는 정상적으로 풀이 자라나 있으며 흙도 보기 좋은 갈색이었다.

독호는 아직 완전히 그들을 믿지 못하고 있었다.

적혈맹호대를 안으로 들인 이유도 상대를 믿지 못해서였다.

만약 상대가 확신을 못 준다면?

먼저 들어간 적혈맹호대를 인질로 삼을 예정이었다.

비록 적이 밖에서 백독문을 노리고 안쪽에는 생각지도 못한 손님이 있지만, 독호는 말만으로 상대를 믿는 사람이 아니었다.

그동안 그가 강호에서 먹은 독밥은 쏠쏠했다.

거기에 더해 이곳에서 문주를 모시고 백독문을 천하제일의 독문으로 만든 그였다.

독호는 재빨리 표정을 감추고 한빈을 바라봤다.

지금 이 자리에서 가장 중요한 것은 청운사신도 적룡대협도 아니었다.

백룡의 수장을 치료할 수 있다고 호언장담한 천수장주였다.

어찌 보면 그의 서찰 하나에 대문을 열지 않았던가?

독호가 나긋나긋한 말투로 물었다.

"대, 아니 소협. 아까 한 말이 진심입니까?"

그는 호칭을 수습했다.

대협이라고 하자니 상대가 너무 젊어서였다.

사실 천수장주가 이렇게 젊은지도 오늘 처음 알았다.

산서에도 천수장주의 위명은 꽤 퍼져 있었다.

대가 없이 굶주린 백성을 치료하고 집 없는 이들에게 땅까지 대여해 줬다는 이야기는 고관대작에서부터 거지들까지 모두 아는 이야기였다.

덕분에 천수장이 있는 마을에서는 현감보다도 입김이 세다는 이야기도 들었다.

"무슨 말씀을 하시는 겁니까?"

"아까 서찰에 환자를 치료할 수 있다는……."

독호가 슬쩍 눈치를 보자 한빈이 손뼉을 쳤다.

짝.

"아, 제가 그 서찰을 남겨 드렸지요. 당연합니다. 대신 조건이 있습니다."

"돈이라면 얼마든지 드리겠습니다."

"제가 원하는 것은 돈이 아닙니다."

"대체 무엇을 원하십니까? 아니……."

독호는 말을 끊었다.

그는 상대의 진의를 파악하고 싶었다.

그런데 대화가 이어지자 묘하게 상대에 끌려갔다.

독호는 이런 분위기를 끊고 싶었다.

지금의 대화는 자신이 주도해야 했다.

그의 표정을 본 한빈이 손짓했다.

"천천히 말씀하시지요."

"본론을 이야기하기 전에 소협이 천수장주라는 증거가……."

말끝을 흐린 독호가 슬쩍 눈치를 봤다.

생불이라 불리는 천수장주라면 분명히 백룡의 환자를 치료할 가능성이 있었다.

확률은 반반.

말은 아끼되 조심하는 것이 현재는 최고였다.

조심스러운 독호의 표정을 본 한빈이 말을 이었다.

"장자명 의원을 불러오시지요."

"장자명이라면?"

"네, 백독문을 뛰쳐나갔다가 오늘 돌아온 장자명 의원 말입니다. 집을 나갔다고는 하나 백독문의 식구이니 가장 믿을 만할 게 아닙니까?"

"흠."

독호가 고개를 돌리며 헛기침했다.

단순한 헛기침이 아니었다. 눈 깜짝할 사이에 뒤쪽의 무사에게 지시를 내렸다.

그 눈짓 한 번에 무사가 뒤로 슬금슬금 빠지더니 어디론가 달려갔다.

그들은 잠시 시답지 않은 이야기들로 시간을 흘려보냈다.

이것은 독호의 의도였다.

사실 지금은 그런 잡다한 얘기로 시간을 때울 때가 아니었다.

독호도 알고 한빈도 알고 있었다.

하지만 일에는 절차가 있어야 하는 법이다.

감정을 숨기고 대화를 이어 나가던 독호가 동시에 고개를 돌렸다.

인기척이 느껴졌기 때문이다.

그곳에는 장자명이 적혈맹호대 대원 몇과 도착해 있었다.

그 뒤쪽으로는 적혈맹호대 대원들보다 많은 백독문의 무사들이 경계 태세를 취하고 있었다.

독호는 장자명만을 데려올 것을 지시하지 않았다.

백독문의 정예 무사들도 함께 이곳으로 오라 명했다.

정예 무사들은 장자명과 적혈맹호대를 호위하는 것처럼 보이지만, 정확히는 감시였다.

뒤쪽에 도열한 백독문의 문도들을 보자, 독호의 표정이 살짝 풀렸다.

여유를 되찾은 것이다.

독호가 다시 말을 이었다.

"장자명을 데려왔습니다. 어떻게 증명하시겠습니까? 소협."

"장 의원에게 직접 물어보시죠."

"집을 나갔다 돌아온 친구의 말을 곧이곧대로 믿을 수는 없는 일이죠."

"부족한 부분은 제가 보충하겠으니, 일단 물어보시죠."

장자명이 조심스럽게 한 발 앞으로 나왔다.

"팽 공자님! 제가 어떻게 하면 되겠습니까?"

"독호 대협의 말씀대로 제가 천수장주라는 걸 증명해 주면 됩니다, 장 의원."

"그야 당연히……."

장자명이 말끝을 흐렸다.

처음 앞으로 나왔을 때는 누구보다 표정이 당당했다.

하지만 지금은 심각한 표정으로 턱을 어루만졌다.

사실 둘의 대화를 듣고 있던 장자명은 코웃음 쳤다.

한빈이 천수장주라는 것은 누구나 아는 사실이었다.

증명이랄 것도 없었다.

붉은 무복이 그 증거요, 한빈의 얼굴 자체가 호패나 다름 없었다.

거리를 거닐 때면 허리를 숙이는 마을 사람들 또한 그 증 거였다.

중요한 것은 이 모든 것이 하북에서의 이야기라는 점이었다.

이곳에서는 달랐다.

천수장주를 나타내는 신분 패가 있었던가?

아무리 생각해도 천수장주를 나타내는 증거 따위는 없었다.

장자명도 사숙인 독호의 말에 백번 동의한다.

뛰쳐나갔다가 돌아온 제자를 믿어 주는 문파가 있던가?

정파가 아니라 사파나 독문이라도 똑같다.

상황을 바꿔 생각해 보면 더욱 의심이 들 수밖에 없었다.

돌아온 시점 또한 묘했기 때문이었다.

그때 독호가 고개를 갸웃하며 끼어들었다.

독호의 머릿속에 뭔가 석연치 않은 단어가 걸려서였다.

"혹시 지금 팽 공자라고 그랬느냐?"

"네, 사숙."

"그럼 이 소협이 혹시 하북 쪽에서 온 분이더냐?"

"네, 맞습니다."

"하북이라면 설마? 하북팽가는 아닐 테고……."

"왜 아니라고 생각하십니까? 하북팽가가 맞습니다."

"하북팽가라고?"

"네, 그렇습니다. 참, 그러고 보니 하북팽가의 사 공자가 천수장의 장주라는 건 하북 땅에서 다 아는 사실입니다."

"하북팽가에서 생불이라 불리는 천수장주를 배출해 냈다는 말이더냐?"

"네, 맞습니다. 팽 공자는 하북팽가의 사 공자입니다. 그래서 서찰에도 하북팽가 식구들의 안전을 부탁하지 않았습니까?"

"생각해 보니……."

독호는 서찰의 내용을 떠올렸다.

그 서찰에는 분명히 하북팽가 일행의 안전을 부탁하는 내용이 있었다.

그때 장자명이 다시 말을 이었다.

"저도 천수장에서 일하고 있습니다."

"흠, 그런데 조금 이해가 안 가는 구석이 있구나."

"그게 무엇인지요? 사숙."

"저 소협을 보면……."

독호는 더는 말을 하지 않고 턱짓으로 한빈의 허리를 가리켰다.

그곳에는 한빈이 애병인 월아가 자리하고 있었다.

독호의 고개가 살짝 기울어졌다.

장자명은 그제야 독호가 무엇을 묻는지를 알아챘다.

너무도 자연스러운 현상이었다.

"우리 팽 공자는 도를 쓰지 않습니다."

"팽가의 직계가 도를 쓰지 않는다고?"

질문을 던진 독호는 뒤쪽에 신호를 보냈다.

동시에 백호문의 무사들이 병장기를 잡은 왼손에 힘을 주었다.

오른손을 슬며시 품에 집어넣는 모습이 여차하면 암기를 날릴 생각인 듯싶었다.

장자명이 눈치 못 챌 리 없었다.

"잠시만 기다리십시오, 사숙. 우리 팽 공자는 도(刀)가 아니라 검(劍)을 씁니다. 하북팽가의 직계가 검을 쓴다는 것이 조금 이상하긴 하지만, 이것 역시 하북 땅에서 꽤 유명합니다. 아마 우리 백독문에서도 아는 자가 있을 겁니다."

"그래?"

독호가 뒤쪽을 바라봤다.

그중 무사 하나가 뛰어나왔다.

그러고는 고개를 숙인 뒤 말을 이었다.

"장 사형의 말이 맞습니다. 제가 하북 근처에 갔다가 들었던 이야기인데, 하북팽가의 사 공자가 조금 특이하다고 들었습니다."

"흠, 계속 말해 보아라."

"얼마 전까지만 해도 하북제일의 겁쟁이라고 놀림을 받았다고 합니다. 그리고 도를 쓰지 않는 것도 맞습니다."

"도가 아니라 검을 쓴다고?"

"하북팽가의 직계들은 거도를 들지 않습니까? 사 공자는 힘이 없어서 검을 드는 것이라고 알고 있습니다."

"흠, 그건 말이 되는구나."

"그럼 천수장주가 하북팽가의 사 공자라는 것도 들어 보았느냐?"

"그것은 하북 사람들이라면 다들 알고 있습니다."

"그런 중요한 소문이 왜 퍼지지 않은 것이지?"

"그건 저도 모릅니다. 하지만 하북팽가의 사 공자가 천수장주라는 것과 검을 쓴다는 것은 분명한 사실입니다."

"오호라. 혹시 네가 알고 있는 것이 더 있더냐?"

"하북팽가의 사 공자의 사부는 무제자 홍칠개라고 합니다."

"개방의 장로 홍칠개 대협?"

"네, 맞습니다."

"그럼 여기 계신 청운사신과 적룡대협은?"

"항간의 소문으로는 청운사신과 적룡대협의 후인이라는 말도 있습니다."

"그렇다면 사부가 셋이라는 것이냐? 아무래도…….”

"가능한 일이라고 합니다. 하북에서는 최초로 사제 계약서라는 것을 썼다고 합니다. 한마디 더 하면 외모는…….”

그는 제법 많은 것을 알고 있었다.

그도 그럴 것이, 그는 약재와 독초를 구하기 위해서 하북과 산서를 넘나드는 자였다.

그런 이유로 그는 산서뿐 아니라 하북의 사정도 훤하게 알고 있었다.

다만, 갈 때마다 소문이 달라지기에 이해가 안 되는 점은 적당히 가공했다.

힘이 없어 검을 든다는 것도 그의 상상력에서 나온 보고였다.

수하의 보고를 듣던 독호가 조심스럽게 한빈을 바라봤다.

시선을 마주한 한빈이 웃었다.

"대충 맞는 얘기는 있지만, 모든 것이 일치하지는 않는군요. 검이 편해서 도가 아닌 검을 들었을 뿐입니다. 그리고 외모를 설명한 부분에서는 좀 서운합니다. 그래도 하북 지역에서는 옥면공자라는 별호까지 듣는 형편인데요."

"흠."

장자명이 입을 가리며 헛기침했다.

그 모습에 한빈이 고개를 갸웃했다.

"아닙니까? 장 의원?"

"옥면공자는 저도 처음 들어 보는……."

"장 의원이 천수장에서 치료하느라 바빠서 못 들은 것 같군요. 하긴, 장 의원은 주변 백성들이 관음보살이라고 하지 않았습니까? 그런 말을 들을 정도로 몸을 돌보지 않고 환자에게 신경을 썼으니, 못 들은 것도 이해가 갑니다. 오죽하면 마을 사람들이 신의라고 하겠습니까?"

한빈은 장자명의 칭찬 속에 자신에 대한 자랑을 살짝 녹였다.

전면에 드러난 것은 장자명에 대한 칭송.

순간 장자명은 가슴이 뿌듯해졌다.

영웅으로 만들어 준다는 한빈의 약속이 첫걸음을 뗀 것만 같았다.

장자명이 손을 내저었다.

"아, 그, 그건 과찬이십니다."

그들의 대화에 독호가 눈을 크게 떴다.

천수장에는 다른 의원인 신의에 대해서도 들어 봤다.

독호가 끼어들었다.

"누렇게 뜬 얼굴에 곧 죽을 것 같은 흐리멍덩한 눈으로도 치료의 손길을 멈추지 않는다는……. 바로 그 의원이 신의 아닙니까?"

"맞습니다. 그게 장자명 의원입니다."

"허."

독호가 작게 탄성을 흘렸다.

상대의 신분을 밝히기 위한 대화에서 갑자기 백독문의 제자가 신의라는 사실이 밝혀졌다.

그는 목적도 잊은 채 장자명을 바라봤다.

그 모습에 한빈이 재빨리 말을 이었다.

"뭐, 지금은 그게 중요한 게 아니라, 신분을 증명하는 것이겠죠."

"네, 맞습니다."

장자명도 고개를 끄덕였다.

반사적으로 고개를 끄덕였지만, 장자명은 이 상황 자체가 불만이었다.

자신의 사매를 그들에게 보이고 사정을 설명하면 모든 일이 일사천리로 끝난다.

그런데 한빈은 끝까지 사매의 신분을 감추라고 했다.

아무리 생각해도 이해가 되지 않았다.

장자명은 지금의 상황도 똑똑히 알고 있었다.

사숙인 독호는 의문이 풀리지 않으면 여기서 한 걸음도 들여보내지 않을 것이 분명했다.

장자명은 힐끔 한빈을 바라봤다.

한빈이 검지를 들어 좌우로 까닥인다.

장자명이 할 수 없다는 듯 고개를 돌려 독호를 바라봤다.

"이 정도면 대충 신분에 대한 증명은 끝난 게 아닙니까? 사숙."

"잠시만 기다려 봐라."

"또 증명해야 할 것이 남아있습니까?"

"하북팽가의 사 공자와 천수장주가 동일인임은 알았다. 하지만 증명할 게 하나 더 있습니다."

"얼마든지요."

"하북팽가의 사 공자라는 걸 증명해야 할 차례입니다."

그의 말에 옆에 있던 장자명이 헛숨을 터뜨렸다.

"헉, 아니 사숙……."

백독문을 떠나온 지 삼 년이 넘었지만, 어떻게 변한 것이 하나도 없었다.

사숙인 독호는 예전부터 사람을 쉽게 믿지 않았다.

보통 무림인들은 사람을 한번 믿고 나면 끝까지 신뢰하기 마련인데, 독호만은 달랐다.

믿는다고 해 놓고도 계속 상대를 의심하는 일이 다반사였다.

장자명이 백독문을 뛰쳐나온 이유 중의 하나가 바로 사숙인 독호 때문이 아니던가?

기가 찬 듯 한숨을 내쉬며 독호를 바라보는 장자명.

그 시선에 독호가 아무렇지 않게 한빈을 바라봤다.

그의 태도는 상당히 조심스러웠다.

상대를 아직 믿지는 않지만, 상대가 진짜 천수장주라면 반드시 그의 도움이 필요했기 때문이었다.

어찌 보면 문파의 이인자로서는 부적격한 자였다.

문파의 기둥이 갈대처럼 흔들린다면 문도들은 어찌 되겠는가?

하지만 한빈은 활짝 웃었다.

그 웃음은 진심이었다.

이런 아수라장에서 독호의 저런 성격은 살아남기에 최적이었다.

한빈은 전생에 작전을 앞둔 귀검대에게 매번 같은 말을 했다.

의심하고 또 의심하라고 말이다.

쉬운 길이 적의 함정일 수도 있다.

그걸 가정하고 어려운 길에 함정을 파는 경우도 있었다.

의심하고 의심하되, 선택은 빠르게!

이것은 한빈이 수하들에게 당부했던 말이었다.

이제 독호가 선택해야 할 때였다.

한빈이 웃는 얼굴로 말을 이었다.

"그럼 제가 하북팽가의 사 공자라는 것을 증명해 보이면 되겠습니까?"

"그래 주면 고맙겠소, 소협."

"제가 증명 못 하면 접객실에 남아 있는 하북팽가의 식솔들도 위험하겠지요?"

"험."

놀란 독호가 턱수염을 쓸어내리며 시선을 피했다.

그 모습에 한빈이 아무렇지 않게 말했다.

"대충 눈치챘습니다. 그러지 않고서야 여기에 발을 묶어둘 리가 없지 않습니까?"

"그건 오해……."

"괜찮습니다."

말을 마친 한빈은 아무렇지 않게 손가락을 튕겼다.

탁!

그러자 열 걸음 정도 떨어져 있던 설화가 바람처럼 나타났다.

사사─삭.

그 모습에 독호는 자신도 모르게 뒷걸음쳤다.

설화가 보여 준 경공술에 놀란 것이다.

그때 설화는 품에서 단검 한 자루를 한빈에게 건넸다.

한빈은 그 단검을 뽑았다.

스릉.

가볍게 뽑힌 단검이 모습을 드러냈다.

거무튀튀한 검신은 어찌 보면 불길하기 짝이 없었다.

순간 독호의 뒤쪽에 있던 무사들이 달려왔다.

파바닥.

뽑힌 단검을 본 독호가 다급하게 손을 들어 올렸다.

"모두 멈춰라!"

뒤쪽에서 한빈을 향해 달려오던 백독문의 무사들이 그대로 멈췄다.

하지만 손에 든 병장기는 그대로.

만일의 사태에 대비하겠다는 듯 그들은 독호와 한빈을 번갈아 바라봤다.

잠시 어색한 정적이 주변을 뒤덮었다.

먼저 입을 연 것은 독호였다.

"그건 혹시 천산혈랑의……."

"네, 맞습니다. 천상혈랑의 발톱으로 만든 물건이죠."

"봐도 되겠습니까?"

독호의 표정이 변했다.

독을 다루는 이는 영약과 영초 그리고 내단에 민감하기 마련이었다.

독호가 천산혈랑이란 영물을 모를 수 없었다.

하북 지역에 나타났다고 하는 얘기도 들었다.

그 내단과 사체는 은밀하게 황궁으로 옮겨졌다는 이야기 까지도 알고 있다.

독호는 황궁에도 끈이 있었다.

하지만 그 천산혈랑을 누가 잡았다는 것까지는 모른다.

무슨 이유 때문인지 황궁은 어느 순간부터 그 천산혈랑에 관한 정보를 철저히 틀어막고 있었다.

황궁뿐 아니라 하오문과 개방에서도 정보를 막고 있었다.

사실 이 부분에 대해서는 독호의 오해가 있었다.

처음부터 황궁에서 정보를 막은 것은 아니었다.

가장 먼저 막은 것은 십대세가를 견제하는 구대문파였고, 그 뒤 현비와 효명 공주를 견제하는 세력들이 정보를 막은 것이다.

다만, 황궁에서 어떤 조처를 내렸는지는 황궁에 있는 끈을 통해서 들었다.

황궁에서는 천산혈랑의 발톱으로 단검을 만들었다고 들었다.

그리고 그 단검을 왕자와 공주에게 하사했다고 한다.

남은 두 자루는 천산혈랑을 잡은 고수에게 내렸고 말이다.

그 검이 바로 혈랑검이었다.

딱 보기에도 저건 천산혈랑의 발톱이 분명했다.

그런데 왜 저자가 가지고 있단 말인가?

이런 경우는 셋 중 하나였다.

상대가 왕자거나, 아니면 천산혈랑을 잡은 고수이거나.

그도 아니라면 천산혈랑을 잡은 고수와 친분이 있든가.

셋 다 최악의 상황이었다.

무조건 황궁과 끈이 있다는 이야기였으니까.

강호인에게 황궁이란 단어는 독약이란 말보다도 꺼림칙한 말이었다.

살짝 긴장하고 있는 독호에게 한빈이 아무렇지 않게 고개를 끄덕였다.

"얼마든지요."

한빈이 우혈랑검의 검신을 검지와 엄지로 슬쩍 쥐고 방향을 돌렸다.

휙.

손잡이가 자연스럽게 검호 쪽으로 돌아갔다.

"그럼……."

검호가 혈랑검을 받았다.

손으로 쓱 쓰다듬고 난 그의 눈이 커졌다.

설마 했는데 진짜 혈랑검이 맞았다.

가벼우면서도 무쇠도 잘라 버릴 정도의 예리함은 영물의 발톱이 분명했다.

혈랑검과 한빈을 번갈아 보던 검호가 물었다.

"이, 이게 진짜 천산혈랑의 발톱으로 만든 물건이란 말입니까? 제가 알기로는 이건 황궁에서 만들어진 물건으로 알고 있습니다만."

"맞습니다."

"그럼 혹시 황궁에서 나오신…….."

"그런 오해는 하지 마시고요. 황궁에서 만들어서 제게 선물로 준 단검입니다. 혈랑검이라는 이름의 물건입니다."

"혈랑검이라……. 들어 봤습니다. 황궁에서 왕자와 공주들에게 한 자루씩 나눠 줬다고 들었습니다. 두 자루는 혈랑공자라는 분에게 하사했다고 들었는데, 왜 하북팽가의 사 공자가 가지고 계시는 겁니까? 혈랑공자라는 정체불명의 고수분과는 어떤 관계기에…….."

독호가 한빈의 표정을 조심스럽게 살폈다.

한빈이 표정의 변화 없이 말을 이었다.

"제가 바로 혈랑공자니까요."

말을 마친 한빈은 청화를 향해 턱짓했다.

청화가 달려오더니 품에서 좌혈랑검을 꺼냈다.

한빈은 좌혈랑검을 받아 들고는 슬쩍 검집에서 뽑았다.

스릉.

그 모습에 검호가 말했다.

"똑같은 혈랑검이 두 자루라니…….."

살짝 놀란 검호의 앞에 설화가 불쑥 나타났다.

불만 가득한 얼굴로 그의 손에서 우혈랑검을 낚아챘다.

설화는 마치 우혈랑검을 슬쩍하려는 도둑을 보듯 검호를 바라봤다.

단검을 내준 검호가 입맛을 다셨다.

"진위를 살피기 위함이었지, 강탈한 생각은 추호도 없소이다."

검을 다시 검집에 넣은 설화가 눈을 가늘게 떴다.

"똑같은 게 아니에요. 이건 우혈랑검, 저건 좌혈랑검이에요."

"이름이 있군. 죄송하네그려."

독호가 살짝 당황했다.

빼앗을까 봐 기분 나빴던 것이 아니라, 이름을 잘못 불러 삐졌다니!

이건 독호도 상상 못 한 상황이었다.

"네, 우리 공자님이 붙여 주신 이름이에요."

"그런데 자네는 누구지?"

"저는 공자님을 모시는 설산신녀 설화라고 해요."

"자네가 설산신녀라고?"

"네, 저기 옆쪽은 청산신녀 당청화고요."

설화가 청화를 가리켰다.

청화는 쑥스러운지 어깨를 으쓱하고는 고개를 돌렸다.

다른 때와는 달리 청화에게 성까지 붙여서 부른 이유는 따로 있었다.

아니나 다를까, 설화가 기대하던 반응이 나왔다.

"혹시 사천당문의 자제인가?"

"네, 맞아요. 직계예요. 그것도 독왕 어르신이 점찍어 둔 후계자죠. 저랑 같이 공자님을 모시는 동생이에요."

설화는 청산유수처럼 말을 이었다.

독인들에게 사천당문이란 선망의 대상.

독문의 양대산맥이라는 백독문도 사천당문을 평할 때는 조심스럽다.

그때 유난히 거슬리는 말 하나가 귀에 박혔다.

그것은 바로 '모신다'라는 표현이었다.

그렇다면?

독호의 머릿속에 모였던 정보가 엉키기 시작했다.

하북팽가는 십대세가 서열 중 아래쪽을 차지하는 가문.

그런데 천하 십대세가 중 가장 위쪽이라는 사천당문의 직계가 하북팽가 사 공자의 시녀라고?

독을 연구하며 백독문에서 묻혀 지냈어도 귀와 눈을 감고 산 것은 아니라고 생각했었다.

그런데 눈앞에 있는 하북팽가의 사 공자를 보니 저절로 한숨이 나왔다.

자신의 정보력에 한탄할 수밖에 없었다.

그는 본능적으로 안쪽을 가리키며 말했다.

"제가 모시겠습니다. 이리로……."

독호는 당황한 표정으로 말끝을 흐렸다.

새카맣게 젊은 후배에게 존칭을 쓰다니!

사천당문의 직계가 모신다는 표현을 썼어도 자신까지 그럴 필요는 없었다.

독호는 잠시 수하들을 바라봤다.

수하들이 시선을 피한다.

독호의 표정이 구겨졌다. 수하들이 벌써 눈치챈 것이 분명했다.

체면이 땅에 떨어진 것은 어쩔 수 없는 일.

독호는 한빈 일행을 직접 안내하기로 했다.

얼마나 갔을까.

한빈의 눈에 커다란 전각이 들어왔다.

그의 옆에 있는 장자명은 입을 삐죽 내밀고 있다.

한빈은 그 이유를 알고 있었다.

한빈이 사매의 정체를 감추라고 한 이유는 무엇일까?

적은 사매 일행의 숨을 붙여 놨다.

머릿수를 줄여서 백독문에 타격을 입히려는 것이 아닐 것이다.

숨은 붙여 놓은 상태로, 정보가 있다면 마저 캐낼 의향이 있었던 것이다.

구출한 후 한빈은 그들과 면담을 했다.

문제는 그들 중 누구도 정신을 잃고 나서의 기억이 온전하지 않다는 것이다.

미혼술 혹은 섭혼술의 후유증일 수도 있다.

그들이 원하는 것은 과연 무엇일까?

그들의 목표를 알아내려면, 이쪽의 패를 숨기는 것이 맞았다.

언제까지?

적이 이를 드러낼 때까지!

이것이 한빈의 기본적인 계획이었다.

이런 계획을 모두에게 말해 줄 수는 없었다.

진실을 안다면 무의식중에 드러날 수도 있는 법이다.

이제 접객실이 있는 전각이 코앞이다.

먼저 이곳의 수장과 백룡문의 고수를 만나는 것이 먼저였다.

그들을 만나고 나면, 혈후와 백경이 왜 이곳을 노리는지 명확해질 것이 확실했다.

한빈이 계획을 떠올리고 있을 때였다.

뒤쪽에서 다급한 발소리가 들려왔다.

타다닥.

타다닥.

고개를 돌려 보니 정문을 지키는 무사들이 분명했다.

그들은 주변의 눈치를 보더니 독호의 곁으로 다가갔다.

그러고는 한빈의 일행을 다시 한번 바라본다.

눈치를 보고 있는 것 같다.

독호가 상체를 기울이자 무사는 그제야 귓속말로 뜻을 전했다.

순간 독호의 눈이 커졌다.

"정말이냐?"

"네, 맞습니다. 지금 도착했습니다."

"밖에 있는 적들은 어찌 되었느냐?"

"모두 물러갔습니다. 그러니 무사히 도착한 것이겠죠."

"앞장서거라."

"존명."

무사가 포권하며 몸을 돌려 왔던 방향 그대로 달렸다.

다급한 사안인 듯 경공술까지 펼친다.

독호가 한빈을 바라봤다.

"잠시만 기다려 주시오."

"얼마든지요."

한빈이 고개를 끄덕이자 독호가 몸을 날렸다.

획.

바람 소리를 낸 독호는 이내 앞서가는 무사를 따라잡았다.

그들이 사라지자 장자명이 다가왔다.

"팽 공자, 대체 무슨 일입니까?"

"독각을 구하러 갔던 일행이 무사히 도착했답니다."

"자, 잠시만요. 독각을 구하러 간 일행이라니요?"

"무사의 말에 의하면 실종됐던 일행들이라더군요."

"실종됐던 백독문의 제자라면……."

장자명이 놀란 눈으로 고개를 돌렸다.

그곳에는 적혈맹호대로 변장한 사매와 백독문의 제자가 있었다.

그들은 한빈과 장자명의 대화를 못 들은 것처럼 고개를 갸웃하고 있었다.

장자명은 재빨리 표정을 수습했다.

지금 말도 안 되는 일이 백독문에서 벌어지려고 하는 것이 분명했다.

장자명은 한빈과 동행하며 많은 일을 겪었다.

직접 보지는 않았지만, 얼굴이 똑같이 생긴 괴인들의 이야기도 들었다.

그리고 감쪽같은 변장술을 펼치는 자객들의 이야기도 들었다.

장자명은 다시 한번 저쪽에 있는 자신의 사매를 바라봤다.

혹시나 사매가 가짜일까 확인하기 위해서였다.

그는 이내 고개를 저었다.

사매가 가짜일 리가 없었다. 사매를 구출하고 나서 꽤 많은 대화를 나누었다.

지난 삼 년간 못다 한 이야기를 틈틈이 나누며 살짝 감정을 털어놓기도 했다.

사매와 둘만 아는 비밀도 모두 알고 있었다.

그런데 사숙인 독호가 또 다른 사매 일행을 마중 나간 상태.

둘 중 하나는 가짜라는 말이었다.

과연 누가 가짜일까?

변화무쌍한 장자명의 표정을 본 한빈이 작게 말했다.

"장 의원이 걱정하는 게 뭔지는 알겠는데, 너무 티를 내지는 말죠."

"네?"

"장 의원, 나를 믿죠?"

"제가 언제 팽 공자를 안 믿는다고 했습니까?"

"그럼 편안하게 상황을 지켜보시죠, 장 의원."

"그, 그래도 될까요?"

"그런 질문은 나를 안 믿는다는 증거입니다. 실망입니다, 장 의원."

"아, 아닙니다. 믿습니다."

잠시 말이 끊기고 전각의 앞에는 긴 침묵이 찾아왔다.

그 침묵이 끊긴 것은 바로 독호가 돌아오고 나서였다.

독호는 적룡대협과 청운사신에게 정중하고 포권한 후 한빈을 보며 말을 이었다.

"급한 일 때문에 대협들께 폐를 끼쳤구려."

"괜찮습니다. 뭐, 문밖에서 이슬도 맞았는데 그깟 반 시진 정도야 어떻겠습니까?"

"험, 그건 백독문 내에 사정이 있어서."

"어떻게 하시겠습니까?"

"무슨 말씀이신지 모르겠구려."

"저는 한시라도 빨리 환자를 보는 편이 낫다고 생각합니다."

"아, 그 말씀이라면……. 내 기별을 넣어 두었소."

"참, 급한 일을 잘 해결되었습니까?"

"불행 중 다행인지 다행 중 불행인지는 모르겠지만, 잘 끝났소이다."

묘한 말을 남긴 독호를 보며 한빈이 웃었다.

대충은 무슨 뜻인지 알 것 같았다.

독각을 구하러 나갔던 백독문의 제자는 무사하다는 이야기였다. 다만, 독각을 못 구해 왔다는 것이 불행이라는 뜻.

한빈은 환자의 상태가 궁금했다.

독각으로 치료할 수 있는 병 혹은 독에는 어떤 것이 있을까?

독각이 독인들에게는 영약이지만, 그것으로 무엇을 치료할 수 있는지는 딱히 떠오르는 것이 없었다.

환자에게 독각이 필요하다는 것도 장자명의 사매에게 들었을 뿐, 그 이상은 한빈도 모른다.

사매에게 들은 정보를 바탕으로 백독문 안에 독각을 던진 것이 적중했을 뿐, 나머지는 순전히 운이라고 봐야 했다.

한빈이 빙긋 웃으며 답했다.

"하하, 잘되신 것 같아서 다행입니다."

"그럼 이리 오시지요."

독호는 백독문에서 가장 큰 접객실로 그들을 안내했다.

대화를 나누는 도중 독호는 계속 문 쪽을 힐끔힐끔 바라봤다.

환자와의 만남은 독호의 권한이 아닌 듯싶었다.

그때 문이 열리고 수하가 들어왔다.

수하의 보고를 받은 독호가 얼굴을 활짝 폈다.

"준비됐습니다. 그런데 한 분만 가야 합니다. 괜찮으시겠습니까?"

"하북 땅에서 신묘한 의술로 이름을 떨치며 생불이란 이름을 듣고 있는 제게 도움을 청하시는 게 확실하다면요! 기꺼이 가겠습니다."

한빈의 대답은 오만하기까지 했다.

스스로 생불이라는 표현을 쓰는 이가 어디 있겠는가?

신묘한 의술이란 말도 나왔다.

그런 당당함이 독호에게는 묘한 신뢰감을 주었다.

독호의 눈이 반짝였다.

"네, 맞습니다. 소협."

"그 전에 하나만 묻겠습니다."

"말씀하시지요, 소협."

"환자는 백룡의 고수가 맞지요?"

"……."

"그런 눈으로 보지는 마십시오."

"어떻게 알았습니까?"

"밖에 있던 혈후라는 여인이 찾더군요."

"혈후라, 그렇다면 이해가……."

독호가 천천히 고개를 끄덕이자 한빈이 슬쩍 턱짓했다.

"그럼 안내하시지요."

한빈이 자리에서 일어났다.

동시에 독호가 재빨리 한빈의 앞으로 나섰다.

한빈과 독호가 자리를 떠나자 귀빈실의 안쪽은 순식간에
쥐 죽은 듯 조용해졌다.

서로 눈치만 보는 상황.

어떤 말을 해야 할지, 아니면 어디까지 얘기해야 할지 그
들은 감을 잡을 수 없었다.

그도 그럴 것이, 밖에서는 물론이요, 백독문의 안에 들어와서도 너무 많은 일이 일어났기 때문이다.

먼저 입을 연 것은 팽혁빈이었다.

팽혁빈은 조용히 장자명을 바라봤다.

"장 의원, 우리 아우는 괜찮은……."

그는 말을 끊고는 주변을 살폈다. 벽에도 귀가 있다는 강호 속담을 무시할 수 없기 때문이다.

그 모습에 장자명이 나지막한 목소리로 답했다.

"대공자, 여기는 괜찮습니다. 이곳은 제가 알기로 엿들을 자가 없습니다. 저 벽 뒤에는 무쇠가 버티고 있어서 웬만해서는 엿듣지 못합니다."

"무쇠로 된 벽이라니요?"

"이곳은 말이 접객실이지, 사실상 감옥입니다."

"자, 잠깐. 지금 뭐라 했소?"

"이곳은 귀빈 접객실이면서 감옥이나 마찬가지입니다."

"그게 말이 되오?"

"당연히 말이 되지요. 생각해 보십시오. 독인, 아니 강호의 귀빈이란 어떤 사람이겠습니까? 최고의 독인 또는 최고의 무공 고수가 아니겠습니까?"

"그건 장 의원이 말이 맞습니다."

"네, 그러니……. 당연히 귀빈은 극진하게 대접해야 할 대상이면서도 최고의 경계 대상이지요."

"허, 그래도 귀빈을 옥에 가둔다는 것은 좀처럼 이해가 안 되는군요."

"대공자도 제가 얘기하기 전까지는 이곳의 정체를 모르지 않았습니까?"

"이것 참…….."

"독호 사숙은 제가 이런 이야기를 할 걸 알고 있을 겁니다. 다만, 자신이 경계하고 있으니 조심하라는 뜻을 전하고 싶은 것이겠죠. 그리고 환자를 만난 사 공자의 태도에 따라 우리를 처리하겠죠."

"무림에서 유명한 청운사신과 적룡대협을 이렇게 대한단 말이오?"

"진짜도 아니지 않습니까? 대공자!"

"흠, 그건 그렇지만…….."

"그런데…… 저분은 대체 누구십니까?"

장자명이 바라본 것은 적룡대협이었다.

그 시선에 적룡대협이 헛기침했다.

"험!"

수염까지 쓸어내리는 모습은 마치 진짜 노고수 같았다.

하지만 장자명의 의심은 가라앉지 않았다.

청운사신이 가짜인데, 적룡대협이 진짜일 리가 없지 않은가?

"어디선가 본 듯한 얼굴인데…….."

"접니다, 장 의원."

"저라니요?"

"저, 이 호위입니다. 하하."

이무명이 어색하게 웃었다. 하지만 너털웃음조차 노고수의 목소리였다.

물론 철저하게 연기하다 보니 사적인 자리에서도 연습한 특유의 웃음을 버리지 못한 것이다.

이 호위라는 말에 장자명이 눈을 빛냈다.

"이 호위는 천리 표국의 상행을 따라잡기 위해 급하게 북해로 떠나지 않았습니까? 북해로 가는 상행이면 적어도 일 년은 걸릴 텐데요."

"사정이 있어서 중간에 돌아왔습니다."

"그럼 형님, 아니 천리 표국주는 못 만난 것입니까?"

장자명은 중간에 호칭을 바꿨다.

하북팽가 사람들 대부분은 천리 표국의 국주가 이무명의 형이라고 확신하고는 있었다.

문제는 그게 사실인지는 둘이 얘기를 나눠 봐야 아는 일이었다. 그 전까지는 공식적으로 그냥 천리 표국의 국자이자 낭인왕 이세명일 뿐이었다.

이무명이 웃었다.

"형님은 만났습니다."

"네?"

"형님을 만나서 모든 사정을 들었습니다."

"그런데 다시 돌아오셨다고요?"

"북해의 상행은 수하들에게 맡기고 중요한 일이 있다고 발길을 돌렸습니다."

"그 중요한 표행을 맡기고 돌아오셨다는 겁니까? 그 표행은 황궁에서 의뢰한 것이 아닙니까?"

장자명은 쉬지 않고 질문을 던졌다.

그는 자신이 모르는 것이 있었다.

의심병은 사숙인 독호만의 특징이 아니라는 것이다.

백독문의 제자들이라면 공통적으로 항상 의심하는 습성을 가지고 있었다.

독호가 조금 과할 뿐, 장자명도 비슷했다.

이무명은 가볍게 웃었다.

"하하. 그 황궁의 의뢰보다 중요하니 이렇게 돌아온 것이 아니겠습니까? 장 의원."

"그보다 중요한 일이 무엇인지 물어봐도 되겠습니까?"

"그건 비밀입니다."

"그럼 낭인왕 어르신은 어디 계시는 거죠?"

"그것도 말씀드릴 수 없습니다."

"허, 외모만 우리 공자와 닮은 것이 아니라 이제는 성격까지 판박이가 되셨군요. 조금 서운합니다, 이 호위."

"죄송합니다, 장 의원."

"저는 예전의 이 호위 성격이 좋았습니다."

"뭐, 변한 건 없습니다. 시간이 지나면 모두 알게 되실 겁니다."

팽혁빈이 그들의 대화에 끼어들었다.

"장 의원, 지금 이 호위의 사정이 중요한 게 아닙니다. 제 아우는 괜찮겠습니까?"

"걱정하지 마십시오. 아니, 우리가 사 공자를 걱정할 처지는 아니죠."

장자명이 손을 내저었다.

그의 표정에는 진심이 담겨 있다.

장자명은 사 공자 한빈을 걱정해 본 적이 없었다.

물론 지금도 마찬가지다. 다만 주변 사람들과 자신의 안위가 걱정될 뿐이다.

그때였다.

밖에서 웅성대는 소리가 들려왔다.

전각의 호위하는 무사들이 어딘가를 보고 들뜬 목소리로 소곤대기 시작했다.

흥분한 듯 떠들고 있지만, 뭐라 하는지는 정확히 들리지 않았다.

문틈으로 들리는 불확실한 목소리에 팽혁빈이 황급히 달려갔다.

그러고는 재빨리 문을 밀었다.

툭.

문은 미동도 하지 않았다.

그 모습에 장자명이 말했다.

"대공자, 제가 이곳은 감옥이라고 말하지 않았습니까? 강제로 열지는 마십시오. 그러다 큰일 납니다."

"이것 참……. 후."

팽혁빈이 한숨을 쉬었다. 그는 포기 못 하겠다는 듯 귀를 문에 갖다 댔다.

밖에서 일어나는 일을 조금 더 듣기 위해서였다.

그제야 그들의 목소리가 들리기 시작했다.

-어, 저기 오네그려.

-그러게 말이야. 모두가 걱정했는데 저렇게 무사해서 다행이지 뭐야.

-문주님도 한시름 덜었네.

-그러게 말이야. 이제 폭풍이 지나갔으니 백독지회를 여는 일만 남았어.

팽혁빈은 눈을 감고 귀를 쫑긋 세웠다.

마치 토끼가 된 것처럼 귀를 세운 그는 밖에서 일어난 일을 머릿속으로 그려 봤다.

하지만 아무리 생각해도 무슨 말인지 알 수 없었다.

그도 그럴 것이, 팽혁빈은 백독문의 모든 상황을 알지 못했다.

설마…….

팽혁빈은 눈을 뜨고 문고리를 바라봤다.

이걸 부수고 나가야 하나 고민되어서였다.

팽혁빈이 문고리에 댄 손을 멈칫하고 있을 때. 장자명이 그의 옆에 다가왔다.

"상황부터 살피는 것이 좋을 것 같습니다, 대공자."

말을 마친 장자명이 휘적휘적 벽 쪽으로 걸어갔다.

그는 아무렇지 않게 귀빈실의 족자를 걷어 냈다.

족자 뒤에는 조그만 상자가 나왔다.

장자명이 능숙하게 그 상자를 벽에서 뺐다.

순간 그 뒤에 커다란 구멍이 생겨났다.

장자명은 뒤쪽을 보며 눈짓했다.

그 모습에 적혈맹호대로 변장한 그의 사매가 반대쪽으로 다가가 장자명과 똑같이 족자를 걷고 상자를 뺐다.

그 구멍 사이로 들어오는 햇빛.

팽혁빈은 그제야 상황을 깨달았다.

"저, 저건 통로가 아닙니까? 그럼 저곳으로 빠져나가면 되는 겁니까?"

"사람이 빠져나갈 수는 없지만, 밖의 정황을 살필 정도는 됩니다. 그리고 이건 사람이 빠져나가라고 만들어 둔 것이 아니라, 독기를 빼는 환기구입니다."

"헉."

팽혁빈은 이 방의 용도를 완벽하게 알 것 같자, 자연스럽게 신음을 흘렸다.

놀람도 잠시, 팽혁빈은 재빨리 구멍 쪽을 다가갔다.

지금 전각 앞으로는 짐을 실은 수레가 지나가고 있었다.

수레를 이끄는 여인의 모습이 왠지 낯이 익었다.

팽혁빈이 고개를 돌렸다.

그곳에는 적혈맹호대로 변장한 장자명의 사매가 통로를 통해 광경을 확인하고 있었다.

그러나 구멍으로 보이는, 수레의 앞에서 걸어오는 저 여인은 분명히 장자명의 사매가 맞았다.

방금 한빈에게 대략적인 상황을 듣긴 했지만, 실제로 보니 믿어지지 않았다.

안력을 돋워 여인을 보니 변장한 것처럼 보이지는 않았다.

밖에 있는 무사들도 그 여인이 장자명의 사매라는 것은 조금도 의심하지 않고 있었다.

의아한 표정으로 상황을 살피고 있을 때, 통로 밖으로 광경을 바라보고 있던 장자명의 사매가 비명을 터뜨렸다.

"어, 어떻게 내가 저기에……!"

그녀는 말을 맺지 못하고 쓰러졌다.

순간 장자명이 재빨리 달려가 그녀를 부축했다.

"사매! 정신 차리시오."

"……."

그녀가 혼절하자 장자명은 그녀를 귀빈실의 침상에 눕혔
다.

귀빈실은 웬만한 세가의 가주전 규모였다.

장자명은 그녀를 눕히고 아무 말 없이 그 옆을 지켰다.

사실 장자명은 충격을 받은 상태였다.

지금 침상에 누워 있는 사매보다 밖에 있는 사매가 진짜
같았기 때문이다.

비밀 공간에서 죽어 가던 사매를 발견했을 때는 피골이 상
접해서 장자명이 아니었다면 알아볼 수 없는 상태였다.

지금은 많이 회복되었다고는 해도, 예전의 외모가 아니었
다.

그때부터 팽혁빈과 장자명 그리고 적혈맹호대 대원들은
말없이 서로를 바라봤다.

장자명은 혼란스러워했다.

두 명의 사매 중 진짜가 누군지?

백독문에서 무슨 일이 일어나는 건지?

모든 것이 의문투성이였다.

반면 팽혁빈은 살짝 분노했다.

하북팽가의 대공자로 강호를 주유하며 이런 대접을 받아
본 것은 처음이었다.

거기에 지금은 청운사신으로 변장한 상태.

청운사신은 하북팽가의 대공자와는 비교도 안 될 만큼 높

은 배분에 있는 고수였다.

거기에 아우와 자신은 밖에 있던 혈후라는 여인을 막아 준 은인이 아니던가?

그런데도 이런 대우라니!

한참을 말없이 눈치만 살피던 그들은 조용히 문을 바라봤다.

누군가를 기다린다는 듯이 말이다.

이 상황을 타개한 열쇠를 가져올 사람은 한빈밖에는 없었기 때문이다.

얼마나 지났을까?

이미 해가 진 상태.

시간을 추측하려고 작은 구멍을 통해 밖을 살폈지만, 칙칙한 날씨 때문인지 달빛조차 보이지 않았다.

고개를 돌린 팽혁빈은 조용히 호롱불을 바라봤다.

밖으로 뚫린 작은 구멍을 제외하고는 빛이 들어오는 곳이 없기에 귀빈실의 벽에는 호롱불이 박혀 있었다.

호롱불의 기름을 통해서 시간을 추측하려 했지만, 호롱불 안의 기름은 전혀 줄지 않았다.

시간이 얼마나 지났을까?

아우는 괜찮을까?

팽혁빈은 힘없이 고개를 저었다. 모두 자신이 풀 수 없는 문제였다.

그때였다.

조용히 문이 열렸다.

스르륵.

문이 열리고 들어온 것은 다름 아닌 한빈이었다.

팽혁빈은 벌떡 일어나 한빈에게 달려갔다.

"한빈아, 괜찮은 것이냐?"

"네, 저는 괜찮습니다."

"일은 잘됐느냐?"

"뭐, 그건 시간이 지나 봐야 알 것 같습니다."

그때 한빈의 뒤쪽에서 낯선 웃음소리가 들렸다.

"하하, 처음 뵙겠소이다."

"……."

팽혁빈이 조심스럽게 그를 바라보자 그가 말했다.

"나는 백독문의 문주인 백주천이외다."

"아, 백 장문이셨군요. 인사드립니다. 저는 하, 아니 하북 팽가의 사 공자와 같이 온 청운사신이라고 합니다."

"위명은 익히 들었소이다."

서로 형식적인 인사를 나누고 있을 때였다.

귀빈실의 구석에서 발소리가 울렸다.

타다닥.

다름 아닌 장자명의 사매였다.

장자명의 사매가 독문의 문주인 백주천을 향해서 뛰고 있었다.

장자명은 그녀가 언제 깨어났는지 몰랐다.

그의 손을 벗어나 달려가는 모습에 기겁할 수밖에 없었다.

사매가 백주천에게 달려가는 것은 본능이었다.

그의 사매는 백주천의 금지옥엽인 백리연이었다.

아비에게 달려가는 것은, 어찌 보면 당연한 일이었다.

지금 상황은 정체를 숨기라는 한빈의 지시와는 반대되는 행동이었다.

사매를 잡기에는 이미 멀리 떨어진 상태.

장자명이 아차 싶을 때였다.

백주천을 향해서 달려가던 사매가 휘청였다.

발이 꼬인 듯 앞으로 꼬꾸라진 장자명의 사매, 백리연.

근처에 있던 설화가 그녀를 부축했다.

백리연이 고개를 늘어뜨리는 것이 누가 봐도 혼절한 모습.

이를 지켜보던 백주천이 미간을 좁혔다.

"우리 때문에 불편함을 겪으시는 것 같구려. 죄송하오. 하지만 모든 것이 여러분과 백독문의 안전을 위한 것이니 배려라 생각해 주시오."

"괜찮습니다, 문주님."

한빈이 재빨리 답하자 백주천이 고개를 끄덕였다.

잠시 서로를 바라보는 둘.

눈빛을 교환하는 것인지 기세 싸움을 하는 것인지 알 수 없을 정도였다.

모든 이들은 두 번째 경우라고 판단했다.

실신한 백리연을 부축한 설화가 장자명에게 다가갔다.

"진맥을 부탁드려요, 장 의원 아저씨."

"그래, 알았다."

장자명이 장단을 맞췄다. 그는 조용히 설화와 한빈을 번갈아 바라봤다.

사매의 완맥을 잡아 보니 누군가 점혈한 것이 분명했다.

먼저 마혈을 제압한 것은 한빈일 것이다.

그리고 설화가 부축하는 척하며 혼혈을 제압해서 사매를 기절시킨 것.

장자명은 그 둘이 원망스러웠다.

가면 갈수록 악화되는 사태.

지금의 상황을 수습하기위해서는 사매의 정체를 밝혀야 한다고 생각했다.

그런데 한빈이 자꾸 그 길을 막는 것이다.

그때였다.

백주천이 조용히 장자명을 바라봤다.

"몰래 집을 나갔다 오더니 많이 야위었구나."

"……."

"잠시 이리 와 보거라."

백주천이 손짓하자 장자명이 사매를 침상에 눕히고 달려 갔다.

문주의 앞에 선 장자명이 비 맞은 생쥐처럼 고개를 푹 숙 였다.

백주천이 다시 물었다.

"왜 돌아왔느냐?"

"……사문이 걱정되어서 돌아왔습니다."

"이제 머물 것이냐?"

"……."

장자명은 대답 대신에 한빈을 바라봤다.

자신이 선택할 권한이 없다는 듯한 그의 표정에 백주천이 다시 물었다.

"이제는 자신의 길조차 판단을 못 하는 것이냐?"

"아닙니다. 당분간은 여기 있는 팽 공자와 함께할 것입니 다. 다만, 지나가는 길에 사문이 걱정되어서 와 봤습니다."

"오호, 그럼 잘 머물다 가거라."

백주천의 말에 장자명의 눈이 커졌다.

사부의 대답이 너무도 간결했다.

질문도 꾸짖음도 없이 모든 것을 수긍한다는 듯 고개를 끄 덕이는 모습에, 가슴 한쪽이 살짝 아려 왔다.

그때 백주천이 뭔가 생각난 듯 장자명에게 다가왔다.

"자명아!"

"네, 사부님."

"이곳까지 오면서 이상한 소문을 못 들었더냐?"

"이상한 소문이라니……. 그게 무슨 말씀이십니까?"

"약재를 찾기 위해 조위현까지 갔던 리연이가 지금 돌아왔다."

"다행이군요."

"안타깝게도 약재는 찾지 못했다. 그런데 중간에 이상한 이야기를 들었다더구나."

"무슨 이야기입니까?"

"약재상에 들러서 필요한 물품을 수소문하고 있는데, 그곳의 주인이 왜 다시 왔냐고 물었다고 하더구나."

"그게 무슨 말씀입니까?"

"얼굴이 똑같은 여인이 하루 전 그 약재상을 들렀다더구나."

"얼굴이 똑같다면……."

"아마도 가짜가 있는 듯하다."

"사매로 변장한 이가 있다는 말씀입니까?"

"보고에 따르면 그게 확실한 것 같구나. 물론 돌아온 리연이의 상태는 내가 확인했다. 그런데 진짜가 맞더구나. 그렇다면 새로 등장할 아이는 가짜인 게지."

"그런 일이 있었군요."

"이곳에 오는 길에 백독문의 제자가 다른 곳에 나타났다는 소문을 들었나 해서 물어보는 게다."

"저는 못 들었습니다. 마을 쪽으로 돌아온 것이 아닌 추룡 산맥을 넘어왔으니까요."

"그래, 알았으니 그만 쉬거라."

백주천이 돌아서자 장자명의 눈빛이 살짝 떨렸다.

사시나무 떨리듯 흔들리던 그의 눈이 향한 곳은 침상에 누워 있는 사매였다.

순간 귀빈실의 문이 닫혔다.

쾅!

문짝이 두껍기에 소음도 꽤 컸다.

누군가 자신이 소매를 잡아끌자 장자명이 조용히 몸을 돌렸다.

그곳에는 한빈이 해맑게 웃고 있었다.

"걱정하지 마십시오, 장 의원."

"패, 팽 공자. 어떻게 제가 걱정을 안 합니까?"

"일단 고비는 넘기지 않았습니까?"

"고비라니요?"

"아, 장 의원의 사매가 백주천 문주와 맞닥뜨렸다고 생각해 보십시오."

"흠."

장자명이 침음을 삼켰다.

침상에 누워 있는 사매는 가짜라고 오해를 받았을 것이다.

팔짱을 끼고 한숨을 쉬던 장자명이 한빈을 쏘아봤다.

불만이 가득한 눈빛에 한빈이 다시 말을 이었다.

"아마도 장 의원은 그리되면 진짜 사매가 누군지 밝혀낼 수 있다고 생각하시겠지요?"

"네, 맞습니다."

"그럼 아마도 둘 중 하나는 죽을 겁니다."

"네?"

"둘 중 하나는 가짜니까요."

"헉."

"지금 상황에 있어 최고의 방법은 하나입니다."

"그게 뭔지요?"

"눈치를 보면서 때를 기다리는 겁니다."

"이곳에서 말입니까? 대공자께는 말씀드렸지만, 이곳은 무쇠 벽으로 둘러싸인 감옥입니다."

"무쇠 벽으로 둘러싸였으니 최고로 안전한 곳이기도 하겠지요."

"헉."

장자명이 입을 벌렸다.

한빈의 발상은 아무리 생각해도 놀라웠다. 정확히는 한빈의 말이 맞았다.

만약에 지반이 무너져 백독곡이 잠긴다 해도 딱 두 곳은 멀쩡한 것이다.

한 곳은 문주의 개인 연공실이요, 다른 한 곳은 바로 이곳이었다.

겉으로 보기에는 평범한 전각이었다.

하지만 전각 속 이 귀빈실은 철판으로 된 상자라고 보면 된다.

바닥에도 철판을 깔아 놓은 관계로, 땅속에 묻혀도 멀쩡한 곳이 바로 이곳이었다.

비명을 지르던 장자명이 말했다.

"팽 공자, 혹시 백독문에 이상한 일이 일어나는 건 아니겠죠?"

"이상한 일이라면 무슨 일을 말하는 건가요?"

"지금 팽 공자가 이곳이 가장 안전하다고 하지 않았습니까?"

"뭐, 도망칠 수는 없어도 수성하기에는 적격이니까요."

"백독문에 큰일이 생길 것이라고 생각하시는군요?"

"뭐, 큰일이라면 벌써 벌어졌죠."

"수성이라……. 식량은 어떻게 하시겠습니까?"

"챙겨 오지 않았습니까?"

한빈이 적혈맹호대 쪽을 바라봤다.

심미호가 활짝 웃으며 손을 흔든다.

심미호의 옆에는 관이 하나 있었고 다른 적혈맹호대 대원들의 옆에도 제법 큼직한 봇짐이 놓여 있었다.

마치 이곳에 갇힐 것을 미리 알았다는 듯 표정에 변화가 없었다.

다음 날 아침.

아직은 챙겨 온 식량을 소모할 필요는 없었다.

백독문의 제자들이 때가 되면 식사를 귀빈실에 넣어 주었다.

한빈과 적혈맹호대는 아무렇지 않게 그 식사를 맛있게 먹었다.

그 식사를 받았을 때 가장 불안해했던 이는 장자명이었다.

백독문에서 독이라도 쓰지 않았을까 하는 걱정 때문이었다.

한빈은 그때마다 어이가 없다는 듯 장자명을 바라보며 웃었다.

이곳 귀빈실에서 보낸 지 이틀이 지났을 때였다.

오늘도 어김없이 식사가 들어왔다.

장자명이 아무렇지 않게 젓가락을 들었다.

조심하라고 말해 봤자 한빈이 또 면박을 줄 테니 아무 일

없다는 듯 그냥 먹는 것이 맞았다.

그렇게 막 첫술을 뜨려 할 때였다.

탁!

장자명의 손에서 젓가락이 사라졌다.

힐끔 옆을 보니 한빈이 그의 젓가락을 들고 고개를 흔들고 있었다.

"장 의원, 왜 그렇게 조심성이 없으십니까?"

"그게 무슨 말씀입니까? 팽 공자."

"이곳이 어디입니까? 천하의 백독문 아닙니까? 그렇다면 독을 조심해야 하는 건 당연한 이치입니다. 그런데 생각 없이 그렇게 막 드시면 어떻게 합니까?"

"그건 팽 공자가……."

"그건 어제까지의 일이지요. 오늘부터는 다릅니다."

"아니, 오늘이 뭐가 다릅니까?"

"오늘 밥에는 독이 들어 있으니까요."

"네? 여기에 독이?"

장자명이 재빨리 식사를 반대편으로 밀었다.

그 모습에 한빈이 말했다.

"이제부터는 자급자족입니다."

"자급자족이라니……."

딱.

한빈의 손가락 튕기는 소리가 장자명의 말을 끊었다.

동시에 적혈맹호대가 바쁘게 움직인다.

귀빈실 바닥에 화로를 설치하는 모습은 마치 노숙을 준비하는 광경과 같았다.

조호가 한빈의 앞으로 달려왔다.

"주군, 조금 귀찮은 일이 생겼습니다."

"무슨 일이지?"

"땔감을 안 가져왔네요. 땔감이 없는 곳에서 노숙을 할 거라고는 생각 못 한 제 책임입니다."

조호가 작게 고개 숙이자 한빈이 황당하다는 표정으로 말했다.

"조호야."

"네, 주군."

"사람이 융통성이 있어야 하는 법이다. 그냥 뜯어."

"뜯다니, 그게 무슨 말씀입니까?"

"사방이 나무 천지인데, 뭘 걱정을 해."

한빈이 주변을 가리켰다.

지금 그가 가리키고 있는 것은 탁자와 의자 그리고 벽과 바닥이었다.

한빈의 말대로 발상을 바꾸니 온 방 안에 땔감이 쌓여 있었다.

장삼과 조호가 아무렇지 않게 바닥부터 뜯기 시작했다.

쩌억.

바닥에서 나무조각이 뜯겨 나오자 장자명의 말대로 철판이 드러났다.

쩌억.

여기저기서 울리는 소리에 장자명이 당황했다.

남의 전각을 아무렇지 않게 뜯어서 땔감을 조달할 생각을 하는 사람이 이들 말고 또 있을까?

이들이라기보다는 정확히는 한빈이었다.

하지만 한빈에게 직접 따질 수는 없었다.

장자명이 조호를 향해 외쳤다.

"아니, 왜 바닥을 뜯어?"

"불도 안 지피고 노숙을 할 수는 없지 않습니까?"

당연하다는 대답에 장자명이 고개를 돌려 한빈의 소매를 잡았다.

"자, 잠시만요. 팽 공자."

"왜 그러시죠? 장 의원."

"이 귀빈실을 뜯겠다고요?"

"중독되는 것보다는 좋은 선택 아닐까요?"

"험, 대체 밥에 들었다는 독이 무슨 독이기에 그럽니까? 저도 그렇고 여기 있는 대부분이 웬만한 독에는 끄떡없지 않습니까?"

"맹충(盲蟲)입니다."

"맹충이라니요? 혹시 잘못 아신 거 아닙니까?"

장자명이 눈을 가늘게 떴다.

"정확합니다. 내 코는 못 속이니까요."

한빈이 씩 웃으며 자신의 식사를 밀었다.

이건 진심이었다.

한빈은 전생에 맹충과 지긋지긋하게 마주했다.

맹충은 눈에 보이지 않을 만큼 작은 곤충이었다.

좁쌀의 백분의 일 크기에, 밥 속에 섞어 넣으면 쌀가루와 구분이 되지 않는다.

정확히는 밖에 꺼내 놔도 구분할 수 있는 사람이 없다.

맹충을 입 속에 넣으면 식도에서 알이 부화한다.

알에서 부화한 맹충은 영양분을 찾아다닌다.

맹충이 가장 좋아하는 먹잇감은 바로 사람의 눈이었다.

눈을 좀먹는 벌레라고 해서 맹충이라는 이름으로 불리는 것이다.

강호인들이 그리 경계를 안 하는 이유는, 맹충은 남만에서만 발견할 수 있는 벌레였기 때문이다.

남만을 벗어나면 기후 때문에 하루를 못 견디고 말라비틀어진다.

남만 사람들은 맹충에 면역력이 있는 상태였기에, 맹충으로 인해 사람이 사망하는 경우는 드물었다.

남만이나 중원 모두 맹충 때문에 해를 입는 상황이 드물다는 것이었다.

거기에 더해 맹충을 중원에서 사용하려면 특별한 약물을 넣은 관에 보관해야 했다.

일주일마다 새로운 약물을 넣어 줘야 하기에 꽤 까다로운 작업이었다.

그냥 독을 쓰면 되지, 돈과 노력을 들여서 맹충을 쓸 필요는 없었다.

그런 이유로 맹충은 강호에서 모습을 드러낸 적이 없었다.

물론 모두가 안심하고 있기에 맹충을 쓴다면 속수무책으로 당하는 게 현실.

덕분에 전생에 겪었던 마교와의 전쟁에서는 자주 등장했었다.

원래 전쟁이 나면 무기를 파는 대장간이 떼돈을 버는 법.

그때 떼돈을 번 것이 바로 남만야수궁이었다.

한빈이 다시 말을 이었다.

"제 말을 못 믿으시는 건가요? 장 의원."

"백독문에서는 맹충을 다루지 않습니다."

장자명이 황당한 듯 한빈을 바라봤다.

"제가 언제 백독문에서 독을 풀었다고 했습니까?"

진위

한빈이 웃자 장자명이 식사를 가리키며 말했다.

"여기에 맹충이 있다고 하지 않았습니까?"

"백독지회에 모인 문파가 몇이지요? 그리고 진짜일지 가짜일지 모르는 사매 일행도 있죠. 과연 누가 넣었을까요? 그리고 우리에게만 넣었을까요?"

"그럼 빨리 알려야……."

"누구한테요?"

"예? 그거야 당연하죠. 문주님께 알려야 하지 않겠습니까?"

"과연 문주님은 진짜일까요?"

"네?"

장자명이 눈을 크게 떴다.

전혀 생각해 보지 못한 가능성이었다.

만약에 그의 사부가 가짜라면 이곳 자체가 함정이라는 말이었다.

장자명은 미간을 좁히며 한빈의 표정을 살폈다.

그의 사숙인 독호가 의심이 많고 백독문의 제자들도 의심이 많다고 소문나 있는 상황이었다.

하지만 그중 한빈보다 의심이 많은 이는 없을 것 같았다.

그때 한빈이 웃었다.

"농담이니 그렇게 정색하지는 마시죠, 장 의원."

"아, 농담 같다는 생각이 안 드는데요."

"믿으십시오."

"아니, 제가 언제 팽 공자를 안 믿는다고 했습니까?"

"제 말은 장 의원의 사부님, 즉 백주천 문주를 믿으라는 얘기입니다."

"아."

장자명은 더는 말을 잇지 못했다.

한빈이 이렇게 말하니 자신이 졸지에 사부를 의심하는 사람이 된 것 같았다.

그들이 대화를 나누는 사이에 적혈맹호대는 식사 준비를 마쳤다.

긴장한 상태에서 풍겨 오는 음식 냄새.

장자명은 모든 상황이 조화롭지 못하다고 생각했다.

멍하니 있던 장자명이 눈을 크게 떴다.

"팽 공자, 밖에 있는 사매가 가짜인 것 같습니다."

"왜 그렇게 생각하시죠?"

"주방의 책임자가 바로 사매입니다. 맹충을 쌀가마니에 풀어놓을 수는 없는 법 아니겠습니까? 밥이 익으면서 맹충도 죽을 테니까요. 음식을 통해 감염시키려면 밥과 찬이 다 된 후에 풀어야 하는데, 그런 짓을 할 수 있는 자는 주방을 관리하는 사매밖에 없습니다."

"흠, 그럴 수도 있겠군요."

"알고 있었다는 표정이군요."

"뭐, 주방이 아니어도 이곳으로 이동하는 도중 맹충을 풀 방법은 얼마든지 있습니다. 자, 이제 식사하시죠."

한빈은 결코 단언하지 않았다.

계속해서 여지를 남겨 놓고 대화를 진행시켰다.

대화를 나누던 한빈이 뒤를 돌아봤다.

한빈이 씩 웃으며 심미호를 가리켰다.

모두가 한빈을 따라 심미호를 바라봤다.

시선이 모이자 심미호가 팔짱을 끼고 고개를 바싹 들었다.

자신 있다는 표정의 심미호.

대부분의 임무에서 심미호가 적혈맹호대를 거둬 먹였다고 해도 과언이 아니었다.

장운현에서도 그랬고 사천당가에서 지하 통로를 파면서도 식사는 심미호의 담당이었다.

　　이쯤 되니 심미호는 하북팽가를 떠나도 살 수 있다는 자신감이 생겼다.

　　중원의 숙수들 중 중간 이상은 갈 자신이 있었으며, 광부 중에서도 밥값 이상은 할 것 같았다.

　　물론 이 부분에서 심미호가 착각하는 것이 하나 있었다.

　　심미호는 중간 이상이 아니라 고수의 경지에 이르렀다.

　　중원의 어떤 광부가 곡괭이에 강기를 두를 수 있을까?

　　중언의 어떤 숙수가 국자에 진기를 흘려보낼 생각을 할까?

　　심미호 덕분에 한빈 일행은 무사히, 아니 그 전보다 더 흡족하게 식사를 마칠 수 있었다.

　　식사를 마친 후 한빈이 팽혁빈을 바라봤다.

　　"이제는 변장을 지우셔도 상관없습니다, 형님."

　　"내게 변장을 하라고 부탁할 때는 언제고……."

　　"아무래도 여기에 꽤 있어야 할 것 같은데, 불편하지 않으시겠습니까?"

　　"백 문주가 다시 오면 뭐라 할 것이냐? 아우야."

　　"청운사신께서는 바람처럼 사라졌다고 하죠. 청운사신은 강호에서 바람과 같다고 소문난 인물이 아닙니까? 뭐, 그렇다고 치죠."

"그것참 편하게 생각하는구나. 하하."

팽혁빈이 피식 웃자 한빈이 재빨리 고개를 돌렸다.

그쪽에는 이무명이 눈치를 보고 있었다.

한빈이 그를 보며 웃었다.

"이 호위도 이제 변복은 벗어 던져요. 언제까지 그러고 있을 겁니까?"

"저도 그래도 되겠습니까?"

"당연히 그래도 되죠. 청운사신이 바람처럼 사라졌는데 적룡대협이 그냥 남아 있는 것도 우습지 않겠습니까? 당분간은 편안히 쉬세요."

"휴식을 취할 장소치고는 조금……."

"아까 장 의원이 말했듯이 이곳은 완벽한 요새입니다. 누가 와도 무력으로 이곳을 열지 못합니다."

한빈이 여유 있게 웃자 이무명은 그제야 변복을 벗어 던졌다.

붉은 도포를 벗자 평소 그가 입던 백색의 무복이 드러났다.

변복을 벗어 던진 이무명과 팽혁빈을 적혈맹호대 대원들이 바라봤다.

청운사신과 적룡대협이 허물을 벗자 젊은 두 고수로 변한 것.

그들을 바라보던 심미호가 웃었다.

"두 분이 한꺼번에 환골탈태하셨네요. 이 정도면 무림인들의 입에 오르내릴 만해요."

그녀의 말에 모두가 시름을 잊은 듯 웃음을 토해 냈다.

이틀 뒤.

귀빈실 내부가 술렁이기 시작했다.

그도 그럴 것이, 오늘은 식사가 오지 않았다.

백독문에서 주는 식사가 필요한 것은 아니었다.

어차피 맹충이 음식에 숨어 있다는 것을 파악한 후 알아서 해결하고 있었다.

문제는 귀빈실을 호위하던 무사들까지 사라졌다는 점이다.

호위라고 하기보다는 감시라고 해야 옳지만, 어쨌든 급격한 상황의 변화를 말해 주고 있었다.

모두가 웅성대고 있을 때였다.

설화가 한빈 앞에 나타났다.

천장의 대들보 위에서 내려온 설화를 본 장자명이 화들짝 놀라 뒷걸음쳤다.

"아이쿠, 설화야."

"죄송해요, 장 의원 아저씨. 일단 공자님께 보고부터……."

설화는 재빨리 한빈에게 보고하기 시작했다.

"위쪽 옆쪽에 감시하던 무사들까지 떠난 것 같아요. 기척이 느껴지지 않아요, 공자님."

"흠, 수고했다. 이제야 편히 준비할 수 있겠구나."

말을 마친 한빈은 조용히 용린검법의 심화편을 바라봤다.

용린검법 심화편의 구결은 이제 한계까지 차올랐다.

시간에 지나도 차오르지 않았던 지(智)의 구결도 지금은 한계까지 회복한 상태였다.

덕분에 한빈은 그 어느 때보다도 머리가 맑았다.

한빈은 잠시 눈을 감고 앞으로의 계획을 펼쳤다.

눈치 싸움은 끝났다. 이제는 상대가 어금니를 드러낼 때가 가까워졌다.

한빈은 바둑의 수를 생각하듯 앞으로 일어날 일들을 머릿속에 그려 봤다.

한빈과 적.

둘 중 하나는 이번 판에서 돌을 던져야 할 것이었다.

먼저 돌을 던지는 것은 과연 어느 쪽일까?

묘한 상황에 장자명은 가슴을 두드렸다.

이곳에 남아 있는 자신의 사매는 안전을 위해서 수혈을 점혈했다.

덕분에 식사 때만 빼고는 계속 자고 있다.

먹고 자고 하는 생활 속에 장자명의 사매인 백리연은 완벽하게 외모를 회복했다.

어찌 보면 불행 중 다행이었다.

잠시 사매의 상태를 확인한 장자명은 조심스럽게 밖과 연결된 작은 통로를 열었다.

밖을 확인하는 장자명의 머릿속에는 의문이 쌓여 갔다.

아무리 생각해도 이건 정상이 아니었다.

그때였다.

장자명의 눈이 커졌다.

그는 재빨리 고개를 돌려 한빈과 적혈맹호대가 있는 곳을 바라봤다.

"저, 저게 어떻게 된 것입니까? 팽 공자."

장자명의 다급한 목소리에 한빈이 고개를 돌렸다.

"무슨 일입니까? 장 의원."

"일단 직접 확인하셔야 할 것 같습니다."

"알았습니다."

자리에서 일어난 한빈은 아무렇지 않게 휘적휘적 걸었다.

장자명이 속이 터진다는 듯 가슴을 쳤다.

"좀 빨리 오십시오. 아무래도 밖에 일이 생긴 듯싶습니다."

"그런데 밖에서 무슨 일이 일어나든 우리랑 무슨 상관입니까?"

"백독문이 잘못되면 우리는 어떻게 나갑니까? 제 사문이라서 이러는 것이 아닙니다, 팽 공자."

장자명은 다급하게 밖을 가리켰다.

밖을 본 한빈이 고개를 갸웃했다.

"밖이 왜요?"

"저거 보십시오. 저거 미독 문도희 아닙니까?"

"복장으로 봐서는 분명하군요. 그런데 뭐가 문제인가요?"

"저기 보십시오. 검을 잡은 모습이 꼭 지팡이를 짚은 모습과 같지 않습니까?"

"지팡이라……."

"거기에 눈을 감고 있습니다. 아무래도 심상치 않습니다."

"음, 시작됐군요."

"시작이라니……."

"장 의원도 맹충의 증세는 알고 있겠죠? 맹충에 당하면 저렇게 됩니다. 눈이 빠질 것 같아서 눈을 뜨고 있을 수 없죠. 그리고 심한 경우에는 진물이 나오죠."

"팽 공자님."

"네, 말씀하시죠. 장 의원."

"팽 공자는 다른 이들이 당할 것을 알고 계셨습니까?"

"지난번에 장 의원이 말하지 않았습니까? 백독문에서는 맹충을 다루지 않는다고요. 그럼 당연히 백독문이 아닌 다른 이가 맹충을 풀었겠죠."

"그런데 왜 삼독문의 문도희 대협이……."

"칼에 눈이 없듯 독에 눈이 어디 있습니까? 그래도 저기 보니 모두가 당한 건 아닌 듯싶군요."

"그게 무슨 말씀입니까?"

"뒤쪽에 오는 이의 손에는 지팡이가 없지 않습니까? 눈도 감지 않았고요."

문도희의 뒤쪽에는 백색 무복의 무사들이 뛰어오고 있었다.

백색 무복의 무사들은 문도희의 옆을 지나쳤다.

그들은 백독문의 무사들이었다.

그중 한 명이 나오더니 문도희를 부축했다.

문도희에게 백독문의 무사가 귓속말을 전했다.

그 모습은 사뭇 정중했다.

그녀는 고개를 끄덕이며 무사의 부축을 받고 돌아갔다.

나머지 무사들은 귀빈실이 있는 전각을 향해 달려왔다.

그들을 바라보던 한빈이 고개를 돌렸다.

한빈의 표정에는 웃음기가 없었다.

심미호가 기다렸다는 듯 달려왔다.

한빈이 심미호에게 말했다.

"부대주, 준비는 됐겠지?"

"네, 준비는 끝났습니다."

"그럼 지금부터 한 시진 동안 눈 뜬 맹인이 된다."

"존명."

포권한 심미호가 각 잡힌 동작으로 돌아섰다.

그러고는 적혈맹호대 대원들의 앞에 섰다.

"주군의 말씀대로 우리는 지금부터 맹인이 된다. 실시!"

"존명!"

적혈맹호대 대원들이 기다렸다는 듯 작게 복창했다.

그들은 조용히 품에서 하얀 띠를 꺼냈다.

그 띠로 그들은 눈을 가렸다.

조금 이상한 것은 그 띠가 그렇게 깨끗해 보이지는 않는다는 점이었다.

어떤 띠는 갈색 얼룩이 져 있었고 어떤 것은 붉은색으로 군데군데 물들어 있었다.

이제 그들은 영락없는 맹인이 되었다.

얼굴만 본다면 지저분한 안대 때문에 처량해 보이기까지 했다.

안대를 찬 그들은 허리에 있는 도를 들었다.

그들은 도를 지팡이 삼고 허리를 살짝 숙였다.

얼마 전까지 도를 드는 것만으로 무시무시한 분위기를 만들었던 적혈맹호대였다.

그러나 지금 그들의 기세는 온데간데없었다.

그들이 들고 있는 도조차 병기가 아닌 지팡이로 보였다.

영락없는 맹인의 행태를 한 적혈맹호대의 몇몇은 끙끙 앓는 소리를 했다.

그들의 모습에 가장 놀란 것은 장자명이었다.

장자명이 황당한 듯 한빈을 바라봤다.

"이게 무엇입니까?"

"장 의원 것은 여기 있습니다."

한빈이 안대를 내밀자 장자명이 반사적으로 받았다.

안대를 받은 장자명은 어쩔 줄 몰랐다.

그 모습에 한빈이 직접 장자명의 눈을 가려 줬다.

"대체⋯⋯."

"장 의원, 어릴 적 이런 놀이 해 보셨죠? 술래는 눈을 감고 잠시 있는 겁니다. 그리고 눈을 뜬 후에는 다른 친구들을 쫓는 겁니다. 쫓는 자와 쫓기는 자 중 누가 유리하다고 보십니까?"

한빈의 말에 장자명이 잠시 멈칫하더니 조심스럽게 말했다.

"모르겠습니다. 어렸을 때는 술래가 되지 않으려고 노력했는데, 지금은 모르겠습니다."

한빈이 표정 변화 없이 말했다.

"쫓는 자가 당연히 유리하겠지요. 힘이 없으면 어떻게 상대를 쫓을 수 있겠습니까?"

"그런 힘이 우리에게 있는 겁니까? 팽 공자."

"있으니까 이렇게 술래를 자처했겠지요. 잠시 눈을 감고 때를 기다린 다음, 적을 쫓으면 됩니다."

"제 사매는⋯⋯."

"가장 안전한 곳에 숨겨 놨으니 걱정하지 마시지요."

"안전한 곳이라면 설마……."

장자명의 눈빛이 살짝 떨렸다.

그는 조용히 현철로 만든 관을 바라봤다.

당황하던 장자명은 조용히 고개를 끄덕였다.

한빈의 말은 모두 사실이었다.

귀빈실이 제일 안전할 것이요.

이곳에 있는 관은 어떤 충격에서도 보호될 것이었다.

사천당가에서 한빈이 살아날 수 있었던 것도 바로 저 관 덕분이었다.

그래도 장자명은 불안했다.

만약 자신들이 돌아오지 못한다면, 사매는 저곳에서 굶어 죽을 수도 있는 일이었다.

"우리가 돌아오지 못한다는 건 딱 한 가지 이유겠지요."

"그게 뭡니까? 팽 공자."

"우리가 죽었을 때는 이곳에 못 돌아오겠죠. 이곳에 오는 순간 어찌 보면 우리는 백독문과 같은 배를 탄 겁니다."

순간 장자명이 눈을 붉혔다.

눈을 붉히는 장자명에게 한빈이 턱짓했다.

빨리 눈을 가리라는 뜻이었다.

장자명이 억울하다는 표정으로 다시 물었다.

"그런데 왜 저만 모르는 겁니까?"

"우리 형님과 이 호위도 몰랐습니다. 셋의 공통점이 뭔지 아십니까?"

"……."

"죄송하지만, 세 분의 공통점은 조금 연기가 서툴다는 점이지요."

말을 마친 한빈은 뒤를 가리켰다.

한빈이 가리킨 곳에서는 설화가 천으로 팽혁빈의 눈을 가려 주고 있었다.

청화는 이무명의 눈을 가리고 있었다.

한빈이 다시 물었다.

"제가 해 드릴까요?"

"아닙니다. 제가 하겠습니다."

"그럼 지금부터 우리는 잠시 술래가 되는 겁니다."

한빈이 말을 마쳤을 때 귀빈실의 문이 열렸다.

끼익.

육중한 소리의 뒤를 이어 백독문의 무사들이 들어와서는 주변을 둘러봤다.

그들 중 가장 앞에 선 이가 정중하게 포권했다.

"변고가 생겨서 모시러 왔습니다. 그러니 따라 주시지요."

"안내하시지요."

눈을 가린 한빈이 앞을 가리키자 무사가 부축했다.

무사가 조용히 한빈을 이끌었다.

한빈은 살짝 헐거워진 천 사이로 무사들의 표정을 확인했다.

모두의 표정을 확인한 한빈은 보이지 않게 미소를 지었다.

❦

한빈과 적혈맹호대가 도착한 곳은 백독문의 백독전.

백독전은 단층짜리 전각으로, 이곳 백독문의 전각들 중에도 가장 컸다.

본래 여기에서 백독지회의 본대회가 치러지기로 예정되어 있었다.

현재, 이곳 백독전에는 백독지회에 참가한 독인들이 모두 모여 있었다.

백독지회에 참가한 문파의 수장들은 대부분은 눈을 감고 있었다.

그와 비교해 문도 중 서열이 낮은 자들은 대부분 멀쩡했다.

수뇌부가 눈을 뜨지 못하는 상황에도 그들은 조용히 상황을 주시하고 있었다.

독인들 대부분은 적과의 전쟁이 이미 시작되었다고 생각하고 있는 것 같았다.

독인들에게 전쟁이란 무엇일까?

독과 독충 그리고 독이 묻은 암기가 난무하는 대결이 아닐까?

그런 면에서 그들의 판단은 맞았다.

그들은 백독문주 백주천에 의해서 원인을 알아낸 상태였다.

지금 그들의 눈을 공격한 것은 바로 남만의 독충(毒蟲) 중 하나라는 맹충.

문파의 수장들은 마음을 가라앉히고 앞으로의 계획을 의논하는 중이었다.

한빈 일행이 도착하자 백주천이 자리에서 일어났다.

태사의에서 일어난 백주천이 주위를 둘러봤다.

물론 눈은 찔끔 감고 있었다.

그의 상태는 다른 이들보다 심각했다.

눈꺼풀 사이로 진물이 흘러내려 굳어 있었다.

앞이 보이지 않았지만, 최대한 아무렇지 않게 행동하려 하는 모습이다.

"모두를 모이라고 한 이유는 한 가지요. 아무래도 우리는 맹충에 당한 것 같소이다. 우리 백독지회에 참가해서 생긴 불상사인 만큼 백독문에서 책임지는 것이 맞으나……."

백주천은 상세하게 지금의 상황을 털어놨다.

요약하자면, 모든 책임을 백독문에서 진다는 것이다.

다만, 이번 사태가 심상치 않으니 힘을 모으자는 것이다.

서열이 낮은 독인들은 그나마 멀쩡하기에, 그들이 독인들의 눈이 돼 준다면 위험을 벗어나는 것은 가능할 것이라며 도움을 호소했다.

서열이 낮은 독인들이 멀쩡한 것은 문파의 어른들과 다른 시간에 식사했기 때문이라고 했다.

이런 이유까지 밝힌 이유는 내분을 막기 위해서였다.

"……여기까지가 내가 할 부탁이요."

그의 목소리는 가라앉아 있었다.

직설적인 그의 성격에 반해 지금의 단어 선택은 신중하기 짝이 없었다.

평소 같으면 '부탁'이라는 말을 쓰지 않았을 터.

모두는 말없이 진지한 표정으로 고개를 끄덕였다.

그때 삼독문의 문도희가 한 발 앞으로 나왔다.

"백 문주님의 말씀은 잘 들었습니다. 저는 시기가 중요하다고 봅니다."

"언제가 좋다고 보오?"

"바로 지금이 적기라고 봅니다. 여기서 더는 시간을 끌다가는 죽도 밥도 안 될 것 같습니다. 맹충을 제거할 해약은 이곳에 없지 않습니까? 어차피 마을까지는 가까우니, 근처에 있는 조위현까지 빨리 움직이는 게 좋을 것 같습니다. 그리고 한 가지 제안을 할까 합니다."

"말씀하시오."

"무리는 셋으로 나누는 것이 좋을 것 같습니다. 그리고 일각의 시간을 두고 방향을 나누어 가는 것이 좋을 듯싶습니다. 이곳에 그 정도의 탈출구는 마련해 놓으셨겠죠?"

"흠……. 좋소. 그리하리다."

"감사해요. 그럼 저희도 최대한 협조하도록 하겠습니다."

문도희가 포권하자 뒤쪽에 했던 적혈문주도 맞장구쳤다.

"저희 적혈문도 협조하겠소이다."

그때였다.

주변에서 문 닫히는 소리가 들려왔다.

탁. 탁.

창문들이 동시에 닫히더니 바로 출입문이 닫혔다.

끼익.

동시에 모든 이들이 출입문 쪽으로 몸을 돌렸다.

보이지는 않지만, 모두가 병장기를 틀어쥐고 경계 태세를 취했다.

백주천이 미간을 좁히며 외쳤다.

"누구냐? 어서 모습을 드러내라!"

"하하, 우린 모습을 감춘 적이 없거늘……."

상대가 말을 끊었다.

동시에 암기가 상대를 향해 날아갔다.

슉! 슉!

삼독문의 문도희가 준비하고 있던 암기를 날린 것.

상대는 자리에서 사라지고 문짝에는 암기가 박혔다.

어디선가 웃음소리가 들려왔다.

"클클, 지금 다들 뭐 하는 것입니까?"

"무슨 짓이냐?"

"물어본다고 순순히 얘기해 주는 상대가 이 바닥에 어디 있습니까? 그리고 탈출하시겠다? 떡 줄 사람은 생각도 하지 않고 있는데 탈출이라니요? 혹시 경극 좋아하십니까?"

상대는 누가 봐도 이곳에 모인 독인들을 비꼬고 있었다.

독인들이 지팡이 대신 짚고 있는 병장기들이 부르르 떨렸다.

투두둑.

마치 추수 때 곡식의 껍질을 털어 내는 듯한 소리가 불규칙적으로 울려 퍼졌다.

잠시 소란스러워진 틈을 타서 한빈은 흐트러진 안대 사이로 그들을 바라봤다.

예상대로 그들은 혈후의 수하들이 맞았다.

눈처럼 하얀 무복은 먼지 한 톨도 내려앉을 것 같지 않았다.

하얀 무복의 소맷자락에는 붉은색 잎 세 개가 수놓아져 있었다.

혈후의 이마에 있던 문양과 똑같은 것이 확실했다.

거기에 더해 한 명을 제외한 모두는 원숭이 가면을 쓰고 있었다.

백경이란 조직이 십이지신을 본떠 만든 것이라고 백룡의 고수가 말했었다.

지금 보니 그 말이 맞는 것 같았다.

그도 그럴 것이 초아가 속한 백경은 토끼 가면을 쓰고 있었다. 십이지신 중 묘(卯)에 해당하는 것이 바로 토끼가 아니던가?

그와 비교해 혈후의 수하들로 보이는 이들은 신(申)에 해당하는 원숭이 가면을 쓰고 있다.

한빈은 일단 거기까지만 생각했다.

지금은 백경이란 조직이 중요한 게 아니었다.

눈앞에 있는 적에게 집중해야 했다.

한빈은 가면을 쓰고 있지 않은 사내를 조심스럽게 바라봤다.

가면을 벗은 것으로 봐서 그가 이 무리의 책임자가 맞았다.

그렇다면 혈후는 어디에 있는 것일까?

한빈은 미간을 좁혔다.

혈후가 이곳에 와야 한빈의 계획은 완성된다.

혈후가 오지 않는다면 명화에 낙인을 찍지 않는 꼴이 된다.

아무리 그림을 잘 그려 놔도 화공을 상징하는 낙인을 찍지 않는다면 그림의 알맹이가 없는 법이었다.

그들을 분석하고 있는 한빈과는 달리.

독인 중 눈이 멀쩡한 이들은 놀란 듯 뒤로 주춤 물러났다.

그들 대부분은 서열이 낮은 독인들.

난데없는 괴인들의 등장에 두려움을 느낀 것이다.

"저, 저들은 대체……."

"사부, 이상한 자들이 문을 막고 있습니다."

"강호에서 저런 자들은 본 적이 없습니다."

소란이 심해지자 백주천이 손을 들었다.

"모두 진정하고, 눈이 멀쩡한 독인들은 각파의 수장들을 보호한다."

백독문의 주인으로서 내리는 지시였다.

백주천의 한마디는 효과가 있었다.

독인들은 문파별로 대열을 정비했다.

그들은 다시 병장기를 움켜쥐고 품속에서 암기를 꺼내 적을 상대할 준비를 했다.

눈이 멀쩡한 제자들은 그들의 수장들에게 적의 외모와 위치를 가르쳐 주었다.

그 모습에 적의 수장으로 보이는 사내가 한 걸음 앞으로 나왔다.

앞으로 나온 그는 검으로 바닥을 찍었다.

쿵.

내공이 실린 소리.

그의 무공은 이곳에서 가장 고수라고 할 수 있는 백주천의 아래가 아니었다.

쿵.

사내는 자신의 내공을 자랑이라도 하듯 다시 검으로 바닥을 찍었다.

이제 실내가 조용해졌다.

사내가 흡족한 듯 입을 열었다.

"수고를 덜어 주는군. 이제 임무는 끝났으니, 다들 복귀하도록."

그의 말에 모두가 고개를 갸웃했다.

사내의 말이 무슨 뜻인지를 알아듣는 이가 없기 때문이었다.

잠시 정적이 백독전 내부에 흘렀다.

모두가 귀를 쫑긋하고 있을 때였다.

터벅터벅.

대열을 갖춘 독인들 사이에서 발소리가 울렸다.

눈이 멀쩡한 독인들은 그쪽을 바라봤다.

누군가 천천히 출입문 쪽으로 이동하고 있었다.

그들은 백독문의 제자들이었다.

앞장선 사람은 장자명의 사매, 백리연이었다.

그녀를 중심으로 약재를 구하러 갔던 백독문의 제자들이

모두 출입문 쪽으로 걸어갔다.

모두는 문 쪽으로 다가가는 그들의 모습에 아무 말도 하지 못했다.

이 상황이 이해가 되지 않았던 것이다.

그러고는 출입문을 막아서며 어디선가 원숭이 가면을 꺼냈다.

순간, 비교적 멀쩡한 백독문의 제자들이 놀라 외쳤다.

"배, 배신자다!"

"허, 백 사매가 어떻게……!"

모두가 놀랄 때였다.

사내가 입을 열었다.

"마지막이니 보여 주도록."

"명에 따를게요."

백리연이 포권하며 자신의 얼굴을 매만졌다.

순간 얼굴이 찹쌀 반죽처럼 일그러졌다.

백리연뿐이 아니었다. 백리연을 따라 사내 옆에 선 백독문의 제자들의 모습도 모두 변했다.

그중 가장 놀라운 것은 백리연의 외모였다.

본래의 모습을 찾자 키도 커졌다.

거기에 누가 봐도 남자의 외모였다.

그들을 바라보던 독인들이 비명을 질렀다.

"근골을 저렇게 바꾸다니……!"

"여자에서 남자로 바뀌었어!"

"대체 어떻게 저런 일이 있을 수가 있지?"

독인들의 일부가 말도 안 된다는 표정으로 적을 바라봤다.

그것도 잠시, 그들은 의심 가득한 표정으로 서로를 바라보기 시작했다.

의심 가득한 눈으로 자신의 동료를 살피는 독인들은 서열이 낮은 제자들이었다.

눈을 가늘게 뜨고 동료를 의심하는 그들.

성별뿐 아니라 외모와 체격까지 바뀌는데 놀라지 않을 독인은 없었다.

독인이 아니라 강호의 고수들이라고 해도 상상도 할 수 없는 광경이었다.

헐거워진 천 사이로 상황을 파악하고 있는 한빈도 눈을 크게 떴다.

암제는 칼을 대서 사람의 얼굴을 바꿨다.

하지만 이건 칼을 댄 것도 아니고 변장을 한 것도 아니었다.

근골을 자유자재로 축소시키고 얼굴까지 바꿀 수 있는 무공이라니!

한빈은 자신도 모르게 조용히 침을 삼켰다.

물론 그 무공이 탐나서였다.

그것도 잠시, 한빈은 다시 고개를 숙였다.

지금은 욕심을 낼 때가 아니었다.

어찌 보면 백척간두에서 조심스럽게 한 걸음 한 걸음을 내딛는 상황이라고 봐야 했다.

즉, 한 치의 오차도 용납할 수 없었다.

모두가 놀라움에 웅성거리고 있을 때 비웃음이 울려 퍼졌다.

"하하, 아주 재미있어. 그래야 재미있지."

그의 웃음은 독인들을 절망에 빠뜨리는 듯했다.

상대방을 깔아뭉개는 듯한 목소리에 여유 있는 표정.

그들은 마치 거대한 성벽 같았다.

독인들 중 서열이 낮은 이들은 사내의 분위기에 압도당한 듯 뒷걸음쳤다.

독인들이 웅성거리자 백주천이 손을 들고 외쳤다.

"모두 대열을 흩트리지 마시오!"

"……."

하지만 반응이 없었다.

백주천은 고개를 돌리며 귀를 쫑긋했다.

그의 오른쪽 귀가 향한 곳에는 한빈이 있었다.

고개를 끄덕인 백주천이 오른손을 높이 들었다.

그리고는 내공을 실어서 외쳤다.

"지금부터 백독섬멸진을 전개한다!"

순간 백독문 제자들의 표정이 굳었다.

백독섬멸진은 동귀어진의 수법.

공간을 밀폐하고 독탄과 독물을 쏟아붓는다.

백독문의 동귀어진 수법인 백독섬멸진은 숨 몇 번 쉴 시간이면 사람을 핏물로 만들 수 있었다.

백독섬멸진을 펼친다면 어떤 고수라도 몸을 성히 보존할 수 없다.

시간이 문제이지, 궁극에는 한 줌의 핏물로 변할 수밖에 없는 악랄한 수법이다.

그 수법을 전개한다는 것은 미리 독탄과 독물을 준비해 놨음이 분명했다.

대적 못 할 상황에서 동귀어진을 선택하는 것은 어찌 보면 당연했다.

하지만 모두의 마음이 똑같은 것은 아니었다.

비장한 표정으로 죽음을 기다리는 독인들도 있었지만, 슬금슬금 뒤로 물러나며 살길을 찾는 독인들도 있었다.

그때였다.

백주천이 그의 검을 뒤쪽 벽으로 던졌다.

눈을 감고는 있었지만, 그는 한 치의 망설임도 없었다.

팡!

파공성을 내며 날아가는 검을 막을 자는 없었다.

백주천의 검이 뒤쪽에 있는 족자에 박혔다.

푹!

뒤쪽 족자에는 용이 그려져 있었다.

그가 던진 검은 용이 물고 있는 여의주에 정확히 박혔다.

그 의미를 아는 이는 아무도 없는 것 같았다.

일부 백독문의 제자들만 입을 벌리고 있었다.

난데없는 상황에 대부분의 독인들이 고개를 갸웃할 때였다.

뒤쪽에서 쇳덩이가 맞물리는 소리가 들려왔다.

끼익.

모두의 시선이 뒤쪽으로 향했을 때 출입문 쪽에서부터 굉음이 울렸다.

쿵. 쿵.

그 굉음은 절구 찧는 소리 같았다.

문 쪽을 보니 거대한 강철판이 아래로 떨어지고 있었다.

쿵.

마치 천 근의 무쇠가 바닥을 내리찧는 듯한 소리였다.

그 굉음이 멈췄을 때 백주천이 외쳤다.

"이제 천장에서는 이곳을 가득 채울 독물이 쏟아질 테지! 화경의 고수라 한들 이곳을 빠져나갈 방법은 없다!"

"진짜 그렇게 생각합니까? 백 문주."

"너희와 우리는 한배를 탔다는 얘기지. 이제 시간이 얼마 남지 않았군. 내가 열을 세기 전에 투항하지 않는다면 이곳에서 살아 나갈 자는 없을 것이다. 섬멸진을 멈출 수 있는 것은 오직 나 하나밖에 없다. 하나, 둘, 세⋯⋯."

사내는 그 모습을 비웃었다.

"푸웁, 재미있군요. 벌써 시간은 다 간 것 같은데⋯⋯. 이미 그대가 말한 백독섬멸진은 무력화됐습니다. 그러니 줄 하나에 모든 걸 맡기면 안 되는 법."

사내가 끊어진 동아줄 하나를 바닥에 던졌다.

탁.

그것은 백독섬멸진을 발동시키는 기관과 연결된 밧줄 중 일부분으로 보였다.

"대체 어떻게⋯⋯."

"동귀어진하시겠다는 그 자신감은 어디 갔습니까? 동귀어진은 힘이 비슷할 때나 가능한 겁니다, 백독문주."

"누가 기관을⋯⋯."

백주천은 이번에도 말을 잇지 못했다.

그때였다.

백독문의 제자 중 하나가 백주천을 향해 포권했다.

"죄송합니다, 사부님."

"너, 너는⋯⋯."

당황도 잠시, 그는 재빨리 목소리가 들리는 곳을 향해 오른손을 내뻗었다.

그의 우장에는 백독문의 문주만 익힐 수 있는 백독단명장의 기운이 서려 있었다.

단 한 수로 상대의 숨통을 끊어 버린다고 해서 붙여진 이름이었다.

하얗다 못해 투명한 기운이 그의 오른손에 일렁이자 주변에서는 비명이 튀어나왔다.

아우성에도 아랑곳하지 않는 백주천의 손.

팡!

백주천의 백독단명장이 허공을 강타했다.

그가 이렇게 분노한 이유는 하나였다.

바로 목소리의 주인공이 백주천이 가장 아끼는 제자인 조기명이었기 때문이다.

그 옆에 있던 독호는 뭔가 깨달은 듯 입술을 깨물었다.

백독문에서 생각지도 못한 배신자가 나온 것이다.

자리에서 사라진 조기명은 이미 원숭이 가면 무사들이 모인 곳에 서 있었다.

백주천이 허공을 보며 외쳤다.

"대체 왜? 아니 진짜 네가 맞느냐?"

내공이 실린 목소리에 모두가 움찔할 때였다.

조기명이 아무렇지 않게 답했다.

"저는 진짜가 맞습니다, 사부님."

"……."

백주천이 입을 굳게 다문 채 미간을 좁히자 조기명이 되물었다.

"사부님, 이번 일은 너무 당연하지 않습니까?"

"뭐가 당연하다는 말이냐?"

"백독문 정도의 독문이라면, 돈을 쓸어모아야 정상입니다. 사천당문처럼요. 그런데 지금 이 꼴이 뭡니까?"

"그래서 우리가 불편했던 적이 있느냐?"

"우리가 왜 음지에 있어야 합니까? 사천당문은 양지에 있는데 말입니다."

"허, 네가 문주가 되고 바꾸면 될 것이 아니야? 어차피 차기 문주는 너인 것을……."

"십 년? 아니면 이십 년? 그때까지 기다리라는 말씀은 아니시겠지요?"

살짝 울분이 섞인 듯 목소리가 떨렸다.

"허허, 진심이더냐?"

"네, 진심입니다."

"그게 전부더냐?"

"저는 백 사매도 원합니다."

"그 아이가 여기에서 왜 나오는 것이냐?"

"반년 전, 사매가 제 마음을 거부하더군요. 제가 가질 수 없는 꽃이 세상에서 있어서는 안 됩니다."

"내 딸이 네 꽃이더냐?"

"제가 꽃이라 하면 꽃이 되는 겁니다. 그것이 가짜 꽃이라고 해도 제 것이어야 합니다. 제 것이 아니면 밟는 것이 강호의 이치입니다."

"그래서 저들이 네게 준 것이 무엇이냐?"

"돈과 권력 그리고 사랑이죠."

"사랑이라니……."

백주천은 이해가 안 된다는 듯 고개를 갸웃했다.

그 모습에 조기명이 다시 말을 이었다.

"아까도 보셨잖습니까? 저는 사매와 똑같이 생긴 여인이면 족합니다. 그리고……."

그는 쉴 새 없이 자신의 생각을 털어놨다.

입을 놀리는 조기명의 얼굴에는 광기가 가득했다.

그는 자신이 육 개월 전부터 사문을 배신했다는 것까지 털어놨다.

그의 말이 끝나자 백주천의 입술 사이로 나지막한 목소리가 흘러나왔다.

"혹시 네가……."

"네, 맞습니다. 진짜 사매는 이미 이 세상 사람이 아닐 수도 있습니다."

그의 말에 백주천이 입술을 깨물었다.

하지만 표정의 변화는 거의 없었다.

자세히 보면 시원하다는 듯 한숨을 뱉고 있었다.

물론 다른 이들은 알아채지 못했다.

백주천이 다시 말을 이었다.

"그래서 사문을 배신한 것이냐?"

"그렇습니다. 그 정도의 이유라면 차고도 넘친다고 생각합니다."

조기명이 한 치의 망설임도 없이 답했다.

순간 백독문의 제자들뿐 아니라, 다른 독인들도 당황했다.

그중 가장 당황한 이는 다름 아닌 장자명이었다.

장자명이 생각하는 조기명은 백독문이란 호수 위의 백조였다.

미운 오리 새끼들만이 정신없이 꽥꽥대는 백독문에서 유일하게 빛나는 한 마리의 백조.

그런데 사형이 배신을 했다고?

장자명은 믿을 수 없었다.

장자명은 상황을 확인하기 위해 안대를 풀어 헤칠 뻔했다.

그러나 곧 손을 멈칫했다. 바로 한빈의 신신당부가 떠올랐기 때문이었다.

자신의 행동 하나로 계획을 그르칠 수는 없는 법.

하지만 장자명도 사람이기에 흘러나오는 눈물까지 막을 수는 없었다.

그 눈물이 안대를 적시자 안대에 묻혀 놨던 가짜 피가 번졌다.

누가 봐도 피눈물을 흘리는 모습.

피눈물을 흘리는 장자명의 어깨가 살짝 떨렸다.

조기명의 말을 듣다 보니 만약 이곳에 자신이 안 왔다면 어찌 되었을까를 떠올렸기 때문이다.

이곳에 오자고 한 것은 하북팽가의 사 공자.

자신은 사 공자 한빈을 극구 말렸다.

한빈이 아니었다면, 사매는 이 세상 사람이 아니었을 것이 분명했다.

장자명은 조용히 고개를 돌렸다.

한빈이 있는 쪽이었다.

장자명은 이제 느낌만으로도 한빈이 있는 자리를 찾을 수 있을 것 같았다.

그의 눈물은 멈추지 않았다.

장자명의 눈을 가렸던 천이 이제는 완전히 붉게 물들었다.

그를 지켜보던 백독문의 제자 하나가 깜짝 놀라 장자명의 소매를 잡았다.

"사형, 괜찮으십니까? 아무래도 빨리 치료를 받으셔야……."

"나는 됐다. 그러니 정신 똑바로 차리고 적을 주시하거라."

장자명은 눈이 멀쩡한 백독문의 제자를 향해 속삭였다.

말은 이렇게 했지만, 그도 이곳을 어떻게 탈출할지 감이 잡히지 않았다.

적혈맹호대를 비롯한 하북팽가 전력은 멀쩡하지만, 나머지 독인들이 문제였다.

그들을 데리고 이곳을 탈출할 수 있을까?

　사 공자와 적혈맹호대만 탈출한다면 몰라도, 이미 짐이 되어 버린 독인들을 데리고 탈출하는 것은 무리 같았다.

　만약 이곳에 있는 독인들만 멀쩡했다면…….

　그랬다면 상황을 바꿀 수 있을지도 몰랐다.

　수십 마리의 개미가 늑대를 몰아내는 것은 힘들다.

　하지만 독인들은 개미보다는 벌에 가까웠다.

　벌떼가 늑대 몇 마리를 몰아내는 것은 생각보다 쉬웠다.

　장자명은 아쉬움에 한숨을 삼켰다.

　문도희가 이끄는 삼독문의 제자들도 비슷했다.

　그중 문도희의 첫 번째 제자는 고개를 갸웃했다.

　문도희의 표정이 묘했기 때문이었다.

　공포에 질린 것도 아니요, 울분을 삼키는 모습도 아니었다.

　입술이 살짝 움직이는 것이 숫자를 세고 있는 것 같았다.

　문도희의 제자는 자신의 사부가 미쳤다고 생각하고 있었다.

　제자가 생각하기에 이 정도 상황이면 미치는 것도 이상하지 않았다.

　삼독문의 모든 기반이 무너질 판이니, 어찌 미치지 않겠는가.

　제자는 조용히 한숨을 쉬었다.

독인들이 술렁이고 있을 때 사내가 다시 한 발 앞으로 나와 손뼉을 쳤다.

짝짝!

"장난은 여기까지. 세 가지 부탁만 들어주면 목숨은 살려주지."

사내의 말에 실내는 쥐 죽은 듯 조용해졌다.

잠시, 침묵은 계속되었다.

적막을 깨뜨린 것도 사내의 목소리였다.

"만일 여기서 살아 나가고 싶다면, 백룡의 쥐새끼를 내놓아라. 그리고 백독곡의 가장 깊은 곳에 있는 연못을 열어라. 마지막으로 청운사신과 적룡대협이란 작자를 내 앞에 대령하면 된다."

사내의 요구에 백주천이 헛기침했다.

"흠."

모두는 백주천이 있는 곳을 향해 고개를 돌렸다.

보이지 않아도 백주천의 기척이 느껴지는 곳으로 고개를 돌리고 그의 대답을 기다렸다.

서열이 낮은 독인들은 백주천이 승낙할 것을 기대하는 듯 마른침을 삼키고 있었다.

사내는 마치 선심이라도 쓰는 듯 지켜보기만 했다.

실내에는 다시 적막이 찾아왔다.

아무 소리도 들리지 않는 실내에는 살얼음판 같은 침묵이 이어졌다.

이번 적막을 깬 것은 사내가 아니었다.

딱!

어디선가 손가락 튕기는 소리가 들려왔다.

그 소리에 사내가 반응했다.

사내가 고개를 돌렸지만, 그곳에는 아무도 없었다.

그때였다.

독인들의 가장 앞쪽에서 목소리가 들려왔다.

"그래서? 만약에 못 들어주겠다면?"

그 소리에 모두의 시선이 한곳으로 모였다.

그곳에는 붉은 무복의 사내가 있었다.

그는 천으로 눈을 가리고 있었다.

노란색과 붉은색으로 어지럽게 물들어 있는 천을 보자니 더럽기 짝이 없었다.

누가 봐도 핏물과 진물이 뒤엉킨 것이 분명했다.

물론 그는 한빈이었다.

눈이 멀쩡한 독인들 중 일부는 입을 벌렸다.

지금 상황은 적에게 사로잡힌 것이나 다름없었다.

일단 협상을 해서 위험을 피한 후 후일을 도모하는 것이 누가 봐도 맞았다.

그런데 갑자기 한빈이 이리 나서자 어찌할 바를 몰랐다.

사내는 피식 웃으며 한빈을 바라봤다.

이 중에서도 가장 상태가 심해 보이는 것이 바로 한빈이었으니, 웃음이 나오지 않을 수 없었다.

"너는 누구지?"

"혹시 혈후가 말하지 않았나?"

"그럼 네가 우리 주군으로부터 도망간 쥐새끼더냐?"

"쥐 새끼는 아니고 강아지 정도로 해 주면 고맙겠는데! 솔직히 이렇게 큰 쥐 새끼가 어디 있어? 그러고 보니 지난번에도 비슷한 말을 한 것 같은데……. 요즘 들어서 기억이 가물거려서 걱정이네."

한빈은 어이없다는 듯 사내를 바라봤다.

사내의 얼굴이 살짝 구겨졌다.

처음 보인 표정의 변화였다.

그것도 잠시, 사내가 아무렇지 않게 말을 이었다.

"내가 이해가 안 되는 게 한 가지 있군. 왜 나선 거지? 운만 좋으면 목숨을 부지할 수 있을 텐데."

"내가 불의를 보면 참지 못하는 성격이거든. 이런 상황에서 내가 어떻게 안 나서?"

한빈은 독인들을 가리켰다.

돌아보는 순간 한빈은 헐거워진 안대 사이로 독인들의 눈빛을 확인할 수 있었다.

어떤 이는 놀란 듯 입을 벌리고 있었고 어떤 독인은 무섭게 한빈을 쏘아보고 있었다.

그러거나 말거나 한빈은 다시 사내를 바라봤다.

사실 그들의 눈빛 따위는 신경 쓰지 않았다.

어차피 한빈과 적혈맹호대는 맹인이니까!

그 모습에 사내가 말을 이었다.

"마치 보인다는 듯 주변을 돌아보는군."

"사실이니까."

"뭐라?"

"사실이라고, 이건 내가 잘 때 쓰는 안대거든. 내가 호롱불에 조금 예민해서. 불이 일렁이면 잘 수가 있어야지."

"지금 뭐라는 건가?"

"깨어 있을 때는 벗어도 되는데, 안대를 벗기도 전에 사람들이 날 이리로 데려왔지 뭐야?"

말을 마친 한빈은 천을 풀어 팽개쳤다.

눈을 가렸던 천이 나풀거리며 사내 쪽으로 날아갔다.

아무 힘 없이 날아가는 천은 묘하게 사내의 발아래 떨어졌다.

툭.

사내가 허리를 숙여서 천을 잡았다.

그의 머릿속에 의심이란 글자는 존재하지 않았다.

그도 그럴 것이 상대가 던진 천 쪼가리는 우연히 자신의 앞에 떨어진 것이 분명했다.

나풀거리면서 방향도 못 잡던 천 쪼가리를 통제할 수 있는 수준이라면 허공섭물이 가능한 자로 봐야 했다.

아무도 눈치 못 채는 허공섭물이라?

그런 수법을 가지고 있는 자라면 애초에 이런 비겁한 속임수 따위는 쓰지 않을 것이 분명하다.

물론 지금 아무렇지 않게 툭 던진 한 수에는 백발백중의 묘용이 담겨 있었다.

사내는 천을 주워 자세히 살폈다.

그는 의심 없이 냄새도 맡고 혈흔의 진위를 따져 봤다.

천을 다 살피고 난 사내가 허탈하게 웃었다.

"하하, 가짜였군. 가짜 피와 가짜 진물, 이런 말도 안 되는 경극에 놀아나다니……. 너에게는 최고로 고통스러운 죽음을 안겨 주지."

사내는 이를 부득 갈았다.

동시에 옆에 있던 원숭이 가면을 무사들이 제각기 병기를 들었다.

누가 봐도 일촉즉발의 상황.

한빈이 한 발 앞으로 나오며 고개를 저었다.

그 모습이 너무 태연해서 누구라도 의문을 가질 정도였다.

튀어 나가려던 원숭이 가면 무사들마저 멈칫했다.

앞으로 걸어가던 한빈이 멈췄다.

아무렇지 않게 멈춘 것 같지만, 한빈은 이곳의 어떤 지점을 찾고 있는 듯 힐끔 아래를 계속 확인했다.

슬쩍 아래를 확인한 한빈이 만족스러운 표정으로 고개를 살짝 기울였다.

"그게 과연 뜻대로 될까?"

누가 봐도 얄미운 표정.

원숭이 가면 무사들이 다시 움찔한다.

그때 사내가 손을 들어 그들을 제지했다.

그러고는 말없이 자신의 상태를 살폈다.

묘한 위화감이 손끝을 타고 들어왔다.

그는 의심 가득한 눈초리로 상대를 바라봤다.

"지금 무슨 짓을 한 거지?"

"아무래도 느낀 모양이군."

"느끼다니 ……. 무엇을 말이냐?"

"네가 들고 있는 천이 이상하다는 점!"

"이 천이라면……."

"그래, 그 천 말이야. 손끝이 살짝 아려 오지 않아?"

"혹시……."

사내는 재빨리 천을 바닥에 던졌다.

탁.

그 모습에 한빈이 말을 이었다.

"이제 조금 감이 잡히나? 솔직히 나는 너처럼 둔한 놈을 본 적이 없어."

"그게 무슨 말이냐?"

"백독지회에 참석해서 아무 물건이나 만지는 짓은 강호의 하룻강아지도 안 하지. 어떤 물건에 독을 발라 놨을지 누가 알아?"

그 말에 사내가 반응했다.

그는 재빨리 오른팔의 팔꿈치에 있는 사횡혈을 찍었다.

오른팔에 있는 혈맥의 흐름을 멈춘 것이다.

중독되었을 때 가장 중요한 것은 독이 퍼지는 것을 막는 것이다.

사내는 미간을 좁히며 살짝 신음까지 흘렸다.

"흠."

그 모습에 한빈이 입꼬리를 올렸다.

"어이쿠, 모르고 내가 그 독의 이름을 말해 주지 않았네."

"……."

"그 독의 이름은……. 비밀이야."

순간 사내의 얼굴이 일그러졌다.

"지금 장난을……. 윽."

그가 자신의 심장을 부여잡았다.

그러고는 눈을 크게 떴다.

"……말도 안 돼!"

"표정을 보니 그냥 말해 줘도 될 것 같네. 그 독은 횡사독이야. '비명횡사(非命橫死)' 할 때 그 횡사가 맞아. 사실 만진다고 해서 중독되는 독은 아니야. 그 독은 코로 중독되지."

"왜 다른 자들은 멀쩡하지?"

사내가 의심 가득한 눈으로 한빈을 바라봤다.

그 모습에 한빈이 피식 웃었다.

"팔꿈치에 있는 혈맥들을 안 건드리면, 자연스럽게 몸 밖으로 빠져나가는 독이지. 방금 네가 사횡혈을 건드렸을 때 중독된 거야. 솔직히 이렇게 복잡한 독을 누가 써. 멍청이들한테 쓰면 모를까."

"아니, 분명히 손끝에서 독기를 느꼈다."

"아마도 그건 양지초 때문이겠지. 독기는 없지만, 양기 때문에 그냥 만지면 손끝에 통증을 느끼는 것은 일반 백성이나 무림 고수나 똑같지. 그러니 멍청이라는 거야. 하하."

한빈이 진득하게 웃었다.

끈적끈적한 웃음을 보내는 한빈의 모습은 마치 사파의 고수 같았다.

그 모습에 놀란 이들 중 하나는 바로 삼독문의 문도희였다.

그녀는 독을 저리 쓰는 자를 이제껏 보지 못했었다.

차라리 바로 상대에게 독을 썼다면 이리 놀라지는 않았다.

손쉬운 방법을 제쳐 두고 하북팽가의 사 공자는 상대가 제 발을 찍게 했다.

중독 증상보다도 더 심각한 마음의 내상을 입힌 것이다.

격장지계의 수법 중에서도 상위의 수법.

물론 마음의 내상만이 중요한 것은 아니었다.

저렇게 마음이 흔들린다는 것은 진기가 불완전해질 수밖에 없다는 말도 되었다.

그렇다면 몸속의 독은 더욱더 빠르게 번져 나갈 터.

아무것도 아닌 듯하지만, 그 뒤에 숨어 있는 음흉함은 그녀도 따라갈 수 없을 정도였다.

대화만 듣고 있으면 지금 입을 터는 것이 하북팽가의 사 공자보다는 사파 혹은 독문의 노고수라고 해야지 적당할 터였다.

그녀는 하북팽가 사 공자에게서 진정한 독심(毒心)을 느꼈다.

자신이 다치지 않고 독을 쓰는 것은 중수요.

남들 모르게 독을 쓸 수 있는 경지가 고수의 경지라 들었다.

그보다 더 윗줄의 경지는 무엇이라고 할까?

그녀의 사부는 예전에 그런 경지는 자신의 마음속에 독을 심는 것이라 했다.

그때는 몰랐지만, 지금 하북팽가의 사 공자를 보니 알 것 같았다.

그야말로 마음속까지 독인이었다.

여기까지 생각이 미치자 문도희는 독인으로 걸어온 그녀의 이십 년 인생이 허무해졌다.

순간 원숭이 가면을 쓴 무사들이 못 참겠다는 듯 한빈에게 들이닥쳤다.

슝.

화살처럼 몸을 날려 한빈에게 날아오는 원숭이 가면 무사들.

그때 한빈의 앞을 누군가 막아섰다.

가장 앞에 선 자는 곡괭이를 들고 있었다.

곡괭이에 강기를 실은 모습에 원숭이 가면 무사들도 동작을 멈췄다.

까무잡잡한 피부에 가녀린 듯한 몸매, 거기에 곡괭이까지. 모든 것이 어울리지 않는 모습이었다.

그녀는 다름 아닌 심미호였다.

심미호가 곡괭이를 상대에게 겨눈 채 말했다.

"누가 주군의 말씀 중에 딴짓해?"

그녀의 뒤로 적혈맹호대가 늘어섰다.

적혈맹호대 대원들은 도기를 풀풀 피워 내며 상대에게 날을 세웠다.

적혈맹호대의 등장에 잠시 소강상태로 접어들었다.

그때 한빈이 사내를 바라봤다.

"혈후의 쫄따구, 하나만 묻지."

사내가 눈썹을 꿈틀댔다.

대화를 듣고 있던 독인들도 놀라기는 마찬가지였다.

아무리 적이라지만, 고수에게 대놓고 하대할 줄은 누구도 몰랐다.

사내가 아무 말 없이 눈매를 좁혔다.

미남자의 얼굴에 살짝 금이 가기 시작했다.

"……."

"네 이름이 뭐냐? 서로 검을 마주 댔으면 통성명을 하는 게 예의지."

"나는 혈후를 모시는 아성이라고 한다. 네 이름은?"

"비밀이야."

순간, 모두가 본능적으로 눈을 가늘게 뜨고 한빈을 응시했다.

그들의 눈빛은 모두 제각각이었다.

날이 선 시선도 있었고 감동한 듯 촉촉한 눈빛을 보내는 이들도 있었다.

어떤 이들은 눈빛에 한 가닥 희망을 담고 있었다.

한마디로 그들은 각기 다른 생각을 하고 있었다.

어떤 이는 한빈의 저 말이 너무 저렴하다고 생각하고 있었다.

명문 정파, 그것도 십대세가에 속하는 하북팽가의 직계의 말치고는 너무 싸 보였다.

또 다른 이는 격장지계라고 생각하고 있었다.

상대의 판단을 흐리게 만들고 틈을 공략하려는 수법이라

고 생각했다.

　물론 한빈에게 그런 깊은 뜻 따위는 없었다.

　한빈은 적들이 이곳에 들어오면서부터 숫자를 셌다.

　이것은 외부 조력자와의 약속이었다.

　모든 게 딱 들어맞아야 한빈이 원하는 것을 끌어낼 수 있었다.

　상대가 다시 말을 이었다.

　"네놈은 독인이 아니군. 사파더냐?"

　"사파라 하기에는 내 행동이 너무 점잖지 않은가?"

　"이놈이……."

　아성은 말을 잇지 못했다.

　가슴에 밀려오는 통증 때문이었다.

　이것은 격장지계 때문에 흥분해서 느끼는 통증이 아니었다.

　아성은 눈을 가늘게 떴다.

　횡사라고 한 독은 처음 들어 봤기 때문이다.

　아성도 독에 대해서는 문외한이 아니었다.

　혈후의 제자답게 독뿐 아니라 의술에도 조예가 깊었다.

　그는 심각한 표정으로 자신의 상태를 살폈다.

　아성은 불편한 기색을 감추지 못했다.

　자신이 중독되었다고 확신했기 때문이었다.

　그는 눈을 감고 조용히 귀를 기울였다.

밖에서 나는 기척을 감지하기 위해서였다.

사실 아성도 한빈과 마찬가지로 시간을 가늠하고 있었다.

이제 시간이 된 것 같았다.

밖에서 수하들의 기척이 들려왔다.

이제는 숨겨 둔 패를 보여 줄 때가 된 것이다.

아성이 표정을 수습하고 막 입을 열었다.

"할 말이 있다. 너와……."

그는 말을 맺지 못했다.

한빈이 손바닥을 보였기 때문이다.

아성이 미간을 좁히자 한빈이 다시 말을 이었다.

"네가 하려는 말이 뭔지 모르겠지만, 고수가 먼저 말을 꺼내는 것이 예의 아닌가? 그렇다면 내가 먼저지. 그리고 내 눈앞에 있는 날붙이 좀 치우지그래!"

"허……."

아성은 어이없다는 표정으로 바라봤다.

아성이 슬쩍 눈짓하자, 원숭이 가면 무사들은 뒤로 다섯 걸음 물러났다.

그 모습에 한빈이 고개를 끄덕이며 말을 이었다.

"이제 진짜와 가짜, 그리고 적군과 아군은 가렸으니 본격적으로 협상에 들어가도록 하지."

"협상이라……. 지금 칼자루를 쥐고 있는 것이 자네라고 생각하나?"

"그런 생각은 안 하는데……. 보시다시피 나는 빈손이거든."

한빈이 손을 탁탁 털었다.

그 모습에 아성이 웃었다.

"하하. 이곳은 지금 들어올 수도 없고 나갈 수도 없는 상태지. 거기에 사방은 강철로 둘러싸여 있고 말이네. 누가 열쇠를 쥐고 있다고 생각하나?"

"다 같이 갇힌 거 아니었어? 친구."

"밖에는 내 수하들이 지키고 있다네. 문이 열리지 않으면 자네들은 이곳에서 영영 못 나갈 것이야. 어서 해약을 내놓고 내가 말한 조건을 이행하는 것이 어떤가?"

"문이 안 열리면 못 나가는 건 너도 마찬가지 아닌가, 친구?"

"과연 그럴까? 만약에 밖에서 불을 지피게 된다면?"

"아마도 뚜껑을 닫아 놓은 무쇠솥이 되겠지."

"잘 아는군. 그럼 과연 누가 살아남을까? 비교적 무공이 약한 독인? 아니면 우리?"

"내가 왜 독인들까지 신경 써야 하지?"

"……."

"내 수하와 나만 살아남으면 돼. 그러고 보니 저기 자리를 옮긴 백독문의 제자 같은 경우도 화공에는 버티지 못하겠군."

한빈이 가리킨 것은 백독문을 배신한 조기명이었다.

대화를 듣던 조기명이 흠칫하며 어깨를 떨었다.

그 모습에 한빈이 다시 말을 이었다.

"내가 궁금한 건 한 가지야."

"우리 조직에 대해서 물어보고 싶은 것인가? 그건 말해 줄 수가 없군."

"조직에 대한 얘기가 아니야. 이건 극히 개인적인 이야기지……. 너는 혈후와 무슨 사이지?"

"그게 대체 무슨 말이냐?"

"별 뜻은 없어. 그냥 물어본 거야."

"네놈이 진정 죽고 싶은 것이구나."

"표정을 보니 내가 괜히 물어본 것 같군."

"네놈은 대체……."

말끝을 흐린 아성은 가슴을 만지면서 미간을 좁혔다.

대화를 이어 나가던 한빈은 뒷짐 진 손으로 손짓했다.

신호를 받은 것은 앞이 보이지 않는 백주천이었다.

사실 백주천은 남들이 보지 못하게 실눈을 뜨고 있었다.

그 신호는 삼독문의 문도희, 적혈문으로 계속 이어졌다.

독문의 수장들이 살짝 눈을 뜨고 신호를 교환하는 것이다.

과연 어떻게 된 것일까?

백주천, 문도희, 적혈문주 등 백주천이 믿을 만한 수장들은 눈이 멀쩡했다.

모든 것이 하북팽가 사 공자인 한빈의 덕분이었다.

백주천은 본능적으로 당시 한빈의 모습을 머릿속에 그렸다.

백주천이 처음 놀란 것은 연공실로 찾아왔을 때 한빈의 모습 때문이었다.

혈투로 인해 무복은 넝마가 되었으며 한눈에 봐도 성한 곳이 없었다.

그런데도 그의 시선은 환자를 향해 있었다.

그는 환자를 치료한 후 백주천에게 앞으로 일어날 일에 대해서 설명했다.

그러고는 약초까지 건네줬다.

하북팽가의 사 공자는 마치 이곳에서 전쟁이 일어날 것을 예견한 것 같았다.

그는 해약이 될 만한 모든 약초를 챙겨 왔다.

덕분에 눈이 머는 횡액을 피할 수 있었다.

과연 이게 가능한 일일까?

당시 한빈은 묘책 하나를 제안했다.

그 계획의 중심은 적을 속이는 것이었다.

적을 속여 적을 난공불락의 요새에 가까운 백독전으로 몰아넣고 나면 반 정도는 성공이었다.

백독전의 장치는 백독문의 문주만이 아는 기관 장치와, 제자까지 아는 기관 장치로 나누어져 있었다.

이곳으로 유인하기까지 모두는 맹인이 된 척해야 했다.

이를 알고 있던 것은 독문들의 수뇌부밖에 없었다.

그들은 제자들마저 속였다.

그 결과 제자 중에는 실제로 맹충에 해를 당한 이들이 많았다.

하지만 백주천은 걱정하지 않았다.

이마저도 하북팽가의 사 공자가 미리 계책을 준비했으니 말이다.

하북팽가 일행이 이곳에 들어오며 바리바리 싸서 온 약초 중 환안초가 있었다.

이 환안초는 맹충의 해독제로 쓰인다.

남만에서만 구할 수 있는 귀한 약재로, 환안초는 현재 백독문에는 없었다.

백주천이 그때를 회상하는 중에도 독인들은 은밀하게 신호를 주고받았다.

그들이 은밀하게 신호를 교환하고 있을 때, 한빈이 아성을 바라봤다.

"일단 아까 말했던 협상을 시작하지."

"갑자기 협상이라니……."

"일단 수하들을 뒤로 물리고 너와 나, 둘이서만 협상을 진행해 보자고."

"……."

"못 믿겠나? 협상에 임하는 대가는 해약."

"해약이라고?"

"그래, 협상에 임하는 것만으로도 이 해약을 주지."

말을 마친 한빈은 주변을 둘러봤다.

그의 주변에는 적혈맹호대가 기세를 피워 내며 호위하고 있었다.

한빈이 아무렇지 않게 손뼉을 쳤다.

짝.

적혈맹호대 대원들이 힐끔 돌아보자 한빈이 말을 이었다.

"다들 물러나라. 가능한 한 내게 멀리서!"

"그게 무슨 말씀이에요? 주군."

심미호의 구릿빛 얼굴에 주름이 생겼다.

한빈이 표정을 굳히며 말을 이었다.

"나는 지금부터 잠시 협상을 할 것이니, 다들 내게서 멀리 떨어져 있거라. 이건 부탁이 아니라 명령이다."

한빈의 목소리에는 단호함이 실려 있었다.

심미호가 살짝 고개를 숙이더니 대원들에게 외쳤다.

"주군의 명대로 모두 뒤로 물러난다!"

그 목소리에 적혈맹호대 대원들이 방아깨비처럼 뒤쪽으로 몸을 날렸다.

획. 획.

눈 깜짝할 사이에 적혈맹호대는 끝으로 물러났다.

적혈맹호대뿐이 아니었다.

독문의 수장들도 제자들을 모두 물렸다.

제자들은 수장들에게 이끌려 모두 뒤로 물러났다.

순식간에 한빈의 주변에는 아무도 없게 되었다.

뒤쪽에서 물러나 조심스럽게 한빈을 바라보던 백주천은 자신도 모르게 눈시울을 붉혔다.

그도 그럴 것이, 한빈은 진짜로 계획을 실행할 것처럼 보였다.

하북팽가의 사 공자가 말한 계획 중 하나가 바로 적을 고립시키는 것이다.

문제는 지금의 위치였다.

하북팽가의 사 공자가 서 있는 위치는 적진에 가까웠다.

백독전을 십 등분 한다면 한빈이 서 있는 곳은 십 분의 팔 정도 되는 곳이었다.

기관이 발동할 곳은 정확히 백독전의 중앙.

그곳에서 기관을 발동시키게 되면 하북팽가의 사 공자는 꼼짝없이 적과 함께 갇히게 된다.

이건 한마디로 동귀어진의 수법이었다.

자신을 희생시켜서 모두를 구하겠다는 굳은 의지가 분명했다.

"생불······."

백주천은 자신도 모르게 입을 열었다.

자신을 희생시켜서 만인을 구할 수 있는 자가 강호에 얼마나 있겠는가?

자신의 몸을 불살라 강호를 구하겠다고 말하는 정파인들은 부지기수였다.

하지만 실제로 의로운 행동을 하는 자는 드물었다.

주변의 제자 하나가 걱정스러운 눈빛으로 백주천을 바라봤다.

"괜찮으십니까?"

"나는 괜찮다."

말은 그렇게 했지만, 백주천은 계속해서 한빈을 떠올리고 있었다.

지금의 상황을 생각하니 눈물이 흘러내렸다.

주변 상황을 본 아성이 눈을 가늘게 떴다.

그는 한빈의 말이 어느 정도 진심이라고 느꼈다.

그러지 않고서야 저렇게 사람들을 물러나게 할 수는 없었다.

거기에 더해 백독문의 안절부절못하는 표정을 보니, 똥 마려운 강아지 같았다.

그중 백독문의 문주인 백주천은 눈물까지 흘리는 것이 아닌가!

상황을 보면 이번 대결은 끝이 났다.

아성은 손을 들어 신호를 보냈다.

"너희도 물러나거라!"

아성이 자신을 호위하고 있는 원숭이 가면 무사들에게 외쳤다.

그의 지시에 원숭이 가면 무사들이 재빨리 뒤쪽으로 물러났다.

한빈은 아성과 두 걸음 정도를 두고 서 있었다.

하지만 한빈은 아성을 보지 않았다.

한빈의 시선은 바닥을 향해 있었다.

그곳에는 뱀과 코뿔소, 거미 등 맹독을 품은 생물들의 문양이 새겨져 있었다.

문양을 확인한 한빈은 손에 든 가죽 주머니를 힘껏 던졌다.

아무렇게나 던진 것 같지만, 백발백중의 효용이 담겨 있었다.

가죽 주머니는 원숭이 가면을 쓴 무사들과 아성의 사이로 떨어졌다.

아성이 다급하게 뛰자 원숭이 가면 무사들도 뒷걸음치며 가죽 주머니를 잡기 위해 물러섰다.

그들의 모습에 한빈은 재빨리 용린검법의 초식을 떠올렸다.

'구결십팔보!'

평범한 구설십팔보가 아닌 극성의 구결십팔보였다.

벌써부터 속(速)의 구결이 눈에 보이게 떨어지기 시작했다.

'전광석화.'

준비된 한빈이 진각을 밟았다.

빠각.

한빈이 밟은 것은 거미 모양이 새겨진 청강석.

청각석이 얼음 깨지듯 조각났다.

순간 백독전의 중앙에 있는 바닥에서 수백 가닥의 쇠꼬챙이가 올라왔다.

슝!

쇠꼬챙이는 바닥뿐 아니라 벽면에서도 튀어나왔다.

슝!

천장에서도 내려왔다.

슝!

수백 가닥의 쇠꼬챙이는 반대편에 도달할 때까지 멈추지 않았다.

꼬챙이들이 위에서 청강석 바닥으로.

바닥에서 천장으로.

옆에서 반대쪽 벽으로 박혔다.

푹! 푹!

그 속도는 어마어마했다.

화살이 날아가는 속도를 떠올리게 만들었다.

푹! 푹!

쇠꼬챙이가 가로와 세로로 이어졌다.

졸지에 백독전이 반으로 나누어진 것이다.

그 모습에 백주천이 입을 벌렸다.

모든 것이 하북팽가의 사 공자가 말한 그대로였다.

하북팽가의 사 공자는 적을 고립시키겠다고 하며 백주천에게 백독전의 기관 장치에 대해서 물어봤다.

한빈에게 가르쳐 준 기관 장치는 모두 아홉 개.

그중 거미를 누르면 백독전은 반으로 나뉘게 된다.

문제는 적진 깊은 곳에서 그 기관 장치를 발동시켰다는 것이다.

기관 장치는 눈 깜짝할 사이에 백독전을 반으로 나누었다.

화경의 고수가 와도 빠져나올 수 없었다.

백주천은 한숨을 쉬었다.

"허, 팽 소협이 갇혔으니, 이 일을……."

"문주 할아버지는 왜 그러세요?"

낯선 음성에 백주천이 고개를 돌렸다.

그곳에는 설화라고 소개한 아이가 눈을 빛내고 있었다.

그 모습에 백주천이 고개를 흔들었다.

"지금 팽 소협이 저곳에 갇혔는데 너는 걱정도 안 되는 게냐?"

"공자님은 여기 계시는데요."

설화가 옆을 가리켰다.

그곳에서는 한빈이 고개를 슬쩍 내밀고 있었다.

백주천은 눈을 크게 뜨고 한빈을 바라봤다.

그 모습에 놀란 것은 주변에 있던 제자들이었다.

"사, 사부님. 지금 눈을 뜨신 겁니까?"

순간 백주천의 표정이 딱딱하게 굳었다.

자신이 흥분해서 맹인의 연기를 하고 있었다는 것을 까먹었던 것이다.

백주천은 힐금 한빈의 표정을 살폈다.

시선이 마주친 한빈이 고개를 끄덕이며 웃었다.

이제는 연기를 안 해도 된다는 뜻이었다.

백주천이 제자를 보며 말을 이었다.

"내 눈은 신경 쓰지 않아도 된다. 이 모든 것이 팽 소협의 덕이다."

낚시는 미끼가 중요한 법

백주천의 한마디는 제자들에게 큰 파장을 불러왔다.

제자들은 백주천과 한빈을 번갈아 봤다.

그때 제자 하나가 조심스럽게 물었다.

"팽 소협 덕분이라면……?"

"내가 한 말 그대로다."

백주천의 말에 제자는 조용히 한빈을 바라봤다.

한빈은 여전히 웃음 짓고 있을 뿐이었다.

조금 전까지 느꼈던 저렴한 사파의 미소가 아니었다.

그 미소에는 현기가 느껴질 정도였다.

마치 오래된 절의 불상에서나 볼 수 있는 기운이었다.

물론 이것은 제자의 착각이었다.

제자들은 백주천의 대답을 한빈이 그를 눈을 뜨게 했다는 것으로 오해했다.

뭐, 맹충에 당한 눈을 치료하는 것은 가능하지만, 눈 깜짝할 사이에 치료할 수 있는 방법은 없었다.

제자들은 백주천이 맹충에 당하지 않았다는 사실을 몰랐다. 그런 상황에서 백주천이 눈을 뜨니 하북팽가 사 공자가 치료한 것이라고 착각할 수밖에 없었다.

백독문의 제자가 한빈을 향해 포권했다.

"감사드립니다, 대협."

"대협의 은혜는 꼭 갚겠습니다."

한빈을 향한 인사가 줄줄이 이어졌다.

다른 독인들은 아직 눈을 감고 있는 상태.

그들의 제자들은 눈을 빛냈다.

이곳에서 벗어나면 하북팽가의 사 공자가 맹충에 당한 환자를 모두 치료해 주리라 확신한 것이다.

누군가가 외쳤다.

"천수장주 만세!"

"하북팽가 만세!"

"생불 만세!"

갑작스러운 소란에 한빈이 헛기침했다.

"흠."

하지만 소란은 멈추지 않았다.

한빈이 손을 높이 들었다.

모두가 준비하라는 신호였다.

독인들의 수장들만이 아는 신호였지만, 그들의 제자들도 바로 입을 닫았다.

뭔가 분위기가 심상치 않다는 것을 그들도 깨달았기 때문이다.

상황을 진정시킨 한빈은 천천히 앞으로 걸어갔다.

한빈이 향한 곳은 백독전의 중앙이었다.

백독전의 중앙은 촘촘한 그물로 한빈과 아성을 갈라놓고 있었다.

한빈의 반대편에서는 아성의 일행이 상황을 파악하려는 듯 주변을 살피고 있었다.

아성은 한빈과 그물을 번갈아 봤다.

아무래도 그는 이런 상황은 예측 못 한 것 같았다.

아성이 어금니를 깨물었다.

"네놈이 진짜 하북에서 유명하다던 천수장주더냐?"

"아, 원래는 비밀이었는데……. 뭐 그건 그렇고, 협상은 마저 끝내야지."

"협상이라……. 아직도 협상할 것이 있다고 보는가?"

"친구가 생각하기에는 없어?"

"이곳을 반으로 나눠 봤자 문이 열리지 않으면 나가지 못한다. 그런데 이걸로 협상하겠다고? 좋다, 들어나 보자."

"일단 정신이 멀쩡해야 협상도 가능하니, 내가 준 해약부터 먹어."

"해약이라······."

아성은 자신의 손에 든 가죽 주머니를 바라봤다.

뒤쪽에 있던 독인들은 그 모습을 이상하게 주시했다.

기껏 중독시켜서 승기를 잡아 놓고 아무렇지 않게 해약을 준다니?

그들이 봤을 때는 이 상황은 말도 안 되었다.

누군가 작게 속삭였다.

"저 해약이 진짜야?"

"표정을 보니 진짜인 것 같은데······."

"왜 적한테 해약을 준 거지?"

"그건 나도 이해가 안 되는데!"

그때 다른 독인이 작은 목소리로 말했다.

"자네는 저 소협을 하북에서 뭐라 부르는지 아나?"

"생불이라고 부르는 건 우리 모두가 아는 사실 아닌가?"

그의 말은 사실이었다.

이제까지 몰랐던 이들도 오늘 모두 알게 되었다.

독인이 말을 이었다.

"하북팽가의 사 공자가 진짜 생불이라면······. 적의 목숨을 함부로 거둘까?"

"적의 목숨이라고?"

"부처에게 적과 아군이 있다고 생각하는가?"

"헉!"

다른 독인이 깨달음이라도 얻은 듯 눈을 크게 떴다.

갑자기 말도 안 되던 상황이 이해된 것이다.

다른 독인도 눈을 빛냈다.

생불이랑 호칭답게 적의 목숨까지도 생각하는 것이 분명했다.

어떤 이는 합장을 하고, 어떤 이는 불호를 외치기도 했다.

"반야바라밀……."

"관세음보살……."

연달아 울려 퍼지는 도호에 한빈이 미간을 좁혔다.

그것도 잠시, 표정을 바꾼 한빈이 가죽 주머니를 가리켰다.

"그런 표정 짓지 마. 그 해약은 진짜야."

"진짜라고 하면 내가 믿을 것 같나?"

그는 눈을 매섭게 뜨고 한빈을 쏘아봤다.

한빈을 쏘아보던 아성의 눈길이 독인들이 있는 쪽으로 돌아갔다.

그들은 경건한 자세로 한빈을 향해 합장하고 있었다.

아성은 조용히 한빈을 바라봤다.

하북 지역의 생불에 대해서는 그도 알고 있었다.

앉은뱅이 거지 소녀를 고친 것을 시작으로, 하북 지역의 수많은 환자를 대가 없이 치료했다고 들었다.

죽어 가는 토끼도 지나치지 못하고 품에 담았다는 것은 제법 유명한 이야기였다.

물론 그것은 사람들의 오해였다.

사람들이 말하는 앉은뱅이 소녀는 지금 한빈의 옆에 있는 설화였고.

한빈이 토끼를 품에 안은 것은 광개에게 토끼구이를 부탁하기 위함이었다.

세인들이 이런 사실까지 알 리 없는 법.

이런 미담들은 하북뿐 아니라 강북 지역 곳곳에 퍼져 있었다.

아성은 다시 한빈을 바라봤다.

얄미운 얼굴만 봐서는 생불이란 칭호가 어울리지 않았다.

하지만 뒤쪽에 있는 독인들의 표정을 보면 앞에 있는 상대는 분명히 생불이 맞았다.

겁에 질린 자들이 저런 연기를 한다는 것은 불가능했다.

생불이라면 그가 준 해약도 진짜일 가능성이 높았다.

그때 다시 가슴에 통증이 느껴졌다.

고민하던 아성은 가죽 주머니에 든 환약을 입에 털어 넣었다.

그 모습에 한빈이 말을 이었다.

"이곳을 왜 백독전이라고 부르는지 알아?"

"⋯⋯."

아성이 눈을 감더니 말없이 호흡을 가다듬었다.

해약을 전신 세맥으로 퍼뜨리려는 듯 보였다.

한빈은 그의 상태는 확인도 안 하고 아무렇지 않게 말을 이었다.

"백 가지 독으로 중독시키고 백 가지 해약을 시험하는 곳이거든. 중독시키는 방법 중에는 독을 품은 맹수를 이용할 때도 있지. 이 그물은 그 맹수를 가두기 위한 거야. 일단 나와 친구는 싸울 일이 없어졌군."

그때 아성이 다시 눈을 떴다.

"어차피 같이 갇힌 것이 아니더냐?"

"과연 그럴까?"

"밖은 내 수하들이 접수했을 텐데⋯⋯."

"잠시만!"

한빈이 다시 손바닥을 보았다.

그러고는 손을 그대로 입술에 갖다 댔다.

한빈의 입에서 울리는 휘파람 소리.

휘이익.

갑작스러운 상황에 모두가 어리둥절해하고 있을 때였다.

뒤쪽에서 굉음이 울렸다.

드르륵.

모두의 시선이 그쪽을 향하는 것은 당연했다.

거대한 강철 문이 아래에서 위로 올라갔다.

굉음과 그 위용만 보면 마치 성문이 열리는 듯한 착각이 들 정도였다.

드르륵.

강철 문이 열린 곳은 한빈의 뒤쪽이었다.

반으로 나뉜 백독전 중 한빈이 속한 공간의 문이 열린 것이다.

그물을 사이에 두고 한쪽만 생문이 열렸다는 뜻이다.

반대쪽에 있는 아성이 당황한 것은 당연했다.

그는 미간을 좁히며 열린 문을 가리켰다.

"어, 저쪽에 어떻게 문이……."

"백독문을 공략할 거면 일단 전각부터 잘 공부해 뒀어야지. 친구는 이곳에 문이 하나밖에 없을 거라고 생각한 건가? 그렇다면 공부가 부족한 거고."

한빈이 피식 웃었다. 이 웃음에는 두 가지 뜻이 있었다.

백독섬멸진은 백독문의 일대제자라면 모두 알고 있는 수법이었다.

하지만 문의 뒤쪽에도 있다는 것은 백주천만이 알고 있었다.

조기명을 품은 아성이란 자는 아마도 일대제자의 지식을 기반으로 작전을 짰을 것이다.

거기에 더해 백독문 안에 있는 다른 세력을 생각하지 못했다는 것도 그의 실책이었다.

한빈은 표정을 진지하게 바꾸고 손가락을 튕겼다.

딱.

그 소리에 독인들이 움직이기 시작했다.

재미있는 점은 독인들이 문이 열리리라는 걸 예상했다는 것.

하나같이 새로 난 문 쪽으로 다가가 있었다.

반대쪽에서 그 모습을 보던 아성이 검을 뽑았다.

스릉.

그의 검이 공간을 가로지른 그물을 갈랐다.

챙.

그물은 꿈쩍도 하지 않았다.

아성이 믿어지지 않는다는 듯 다시 검을 그었다.

챙.

그 모습에 한빈이 말했다.

"그거 인면지주의 껍질을 녹여서 만든 그물이라 웬만해서는 안 끊길 거야. 뭐 끊는다고 해도 이미 우리는 밖에 있겠지."

한빈의 말은 반은 사실이었다.

인면지주란 사람의 얼굴을 한 거미를 말한다.

전설 속에서나 나오는 인면지주의 껍질은 도검불침으로도 유명하다.

물론 진짜 이것이 인면지주로 만든 그물인지 확인하지는 않았다.

　백주천으로부터 검기로도 못 가를 것이라고 확답을 받았을 뿐이다.

　인면지주를 언급한 것은 상대를 절망에 빠뜨리려는 고도의 심리전이었다.

　"후우."

　아성이 심호흡하며 옆에 있는 수하들에게 턱짓했다.

　원숭이 가면을 쓴 수하들이 미친 듯 그물을 그어 댔지만, 결과는 똑같았다.

　챙. 챙!

　마치 연회가 열린 것처럼 규칙적인 소리가 장단에 맞춰 울릴 뿐이었다.

　한빈은 뒤를 확인했다.

　이미 대부분의 사람은 백독전을 빠져나간 상태.

　한빈이 손을 내저었다.

　"미안해, 아무래도 내가 아프게 한 모양이지?"

　"……."

　아성이 아무 말 없자 한빈이 피식 웃었다.

　"나는 지금 밖으로 나간다, 친구."

　"흠."

　"참, 내가 왜 친구라고 하는지 알아?"

"……."

"소중한 포로한테 그 정도의 예의는 차리는 게 강호의 도리 같아서 그래."

"포로라니, 그게 무슨 말이냐?"

"내가 나가서 무슨 짓을 할 것 같아?"

"……."

아성은 아무 말도 못 하고 매섭게 눈만 떴다.

그 모습에 한빈이 미소 띤 얼굴로 말을 이었다.

"나는 누님 한 분과 진솔한 대화를 나눌 거야. 만약에 대화가 잘 안되면 뭐……."

"잘 안되면 어떻게 할 거지?"

"싸움은 붙이고 흥정을 말리라는 강호 속담이 있잖아."

"그거 순서가……."

"순서는 중요한 게 아니잖아. 어쨌든 그 강호 속담처럼 일단 싸움, 아니 불은 붙여야지. 바로 여기에!"

한빈이 바닥을 가리켰다.

백독전을 뜻하는 것임을 아성도 알고 있었다.

말을 마친 한빈은 조용히 문을 향해 걸어갔다.

그리 빠르지도 느리지도 않게 걸어가던 한빈이 걸음을 멈췄다.

그러더니 아성이 보란 듯 안과 밖의 경계선에서 폴짝 뛰었다.

뒤돌아본 한빈이 인심이라도 쓴다는 표정으로 말을 이었다.

"참, 아까 말했듯이 해약은 진짜야. 다만 횡사독이 가짜라서 그렇지. 사횡혈을 점혈한 다음 독기를 누르기 위해서 운기하면 누구라도 가슴이 무리가 오기 마련이지. 그러니까…… 힘만 믿는 애 중에는 머리 나쁜 애들이 많다니까."

"이런 썩을!"

아성의 입에서 처음으로 험한 말이 쏟아졌다.

원숭이 가면을 쓴 무사들이 그런 아성을 조용히 바라봤다.

마치 비현실적인 일이 눈앞에서 벌어진 듯이 말이다.

그들이 갇혔다는 사실보다도 아성이 험한 말을 뱉었다는 것이 더욱 놀라운 듯싶었다.

그것도 잠시, 그들은 다시 그물을 찢기 위해 검을 휘둘렀다.

챙. 챙.

그때 문이 서서히 닫히기 시작했다.

드르륵.

문이 닫히기 전 틈새에서 듣기 싫은 목소리가 들려왔다.

"원래 남의 목숨을 노릴 때는 자신의 목을 거는 게 강호의 법칙이지. 강호에 온 걸 환영해, 친구."

그 목소리에 그들의 검이 멈췄다.

밖으로 나온 한빈은 주변을 살폈다.

그때 뒤쪽에서 묵직한 소리가 울렸다.

쿵!

한빈이 빠져나오자 아성과 원숭이 가면 무사들만을 남겨둔 채 백독전의 문이 다시 닫힌 것이다.

출구 앞에는 백주천과 그의 제자들이 기다리고 있었다.

한빈이 나오자 백주천이 재빨리 달려왔다.

백주천은 독인들이 모여 있는 백독전 옆으로 한빈을 안내했다.

그나마 멀쩡한 제자들이 눈이 불편한 사부들을 부축하고 있었다.

탈출하긴 했지만, 이곳이 안전하지 않다는 것은 그들도 알고 있기 때문이다.

그들을 향해서 걸어가던 중 백주천이 잠시 걸음을 멈췄다.

"팽 소협, 궁금한 게 있어서 그러는데 물어봐도 되겠소이까?"

"말씀하시지요, 문주님."

"그자에게는 왜 해약을 건넨 것이요?"

"그거 해약 아닌데요."

해약이 아니라는 한빈의 말에 백주천의 눈은 한계까지 커졌다.

아무리 생각해도 이해가 안 되자 백주천이 조심스럽게 물었다.

"지금 그 말이 무슨 뜻이오? 해약이 아니라니."

"그거 해약 아니에요. 제가 왜 해약을 적한테 줘요?"

"생불이라 불리는 팽 소협이니 당연히 적의 생명까지……."

"문주님, 불가의 무공이 사람을 가리던가요?"

"……."

백주천은 답할 수 있었다.

숭산의 소림사부터 천산의 천룡사 그리고 강남의 백룡사까지, 무공으로 불도를 닦는 절은 많았다.

그들의 무공에 자비가 있다고 말할 수는 없었다.

잠시 멍하니 있던 백주천이 말을 이었다.

"가짜 횡사독으로 이목을 끈 다음 진짜 독을 먹였다는 말이구려. 팽 소협의 계략에 탄복하는 바이오."

"그게……."

한빈이 말을 끊고 슬쩍 주변의 눈치를 살폈다.

백주천과 그의 제자들이 바라보는 눈빛이 너무 강렬한 나머지 고개를 돌려야 할 정도였다.

어떤 제자는 입 모양으로 불호를 외치고 있었다.

나무아미타불을 외치는 모습이 무척 경건해 보였다.

한빈은 자신이 말을 끊기를 잘했다고 생각했다.

사실 처음 쓴 횡사독도 진짜였다.

해약을 준다고 해 놓고 진짜 독을 먹인 것이 핵심이었지만, 모든 것을 털어놓으면 왠지 자신이 악인처럼 보일 것 같았다.

한빈은 천천히 문도희가 있는 곳으로 걸어갔다.

사실, 이번 덫을 놓는 데에는 문도희의 공도 컸다.

한빈은 고개를 갸웃했다.

대부분 독문의 대표들이 눈을 감고 있었다.

백주천의 상태가 괜찮은 것을 보면 그들도 중독되었을 리 없었다.

그런데도 멀쩡한 제자들의 부축을 받고 있었다.

자세히 보니 제자들은 사부의 눈이 멀쩡하다는 것을 모르는 것 같았다.

숨기라고 했더니 저렇게 철저히 숨길 줄은 몰랐다.

사부들을 부축하고 있는 제자들은 불안에 떨고 있었다.

탈출하긴 했지만, 이곳이 안전하지 않다는 것은 그들도 알고 있기 때문이다.

외부에서 적이 침입했다는 것은 내부에서 모든 독진의 사로(死路)를 해금했다는 뜻이었다.

문도희를 부축하고 있는 제자가 그녀의 소매를 잡아끌며

말했다.

"일단 이곳을 피하시는 게 맞는 것 같아요, 사부님."

"뭘 그리 서두르는 것이냐? 일단 숨부터 돌리자꾸나."

"지금 숨을 돌리는 게 문제가 아니에요. 적의 지원 병력이 언제 들이닥칠지 모르잖아요. 몸을 숨기고 눈부터 치료하는 게 맞아요."

"나는 됐다."

문도희가 손을 내젓는다.

"아니, 사부님의 안전이 먼저예요. 일단 자리부터……."

제자는 말을 잇지 못했다.

문도희가 눈을 떴기 때문이다.

제자가 고개를 갸웃하며 문도희의 상태를 살폈다.

억지로 뜬 게 아니었다. 그녀의 눈동자는 멀쩡했다.

맹충에 해를 당했다면 분명히 안구가 하얗게 변하는 것이 맞았다.

그런데 문도희의 눈동자는 멀쩡했다.

아니, 핏줄조차 보이지 않았다.

"사, 사부님, 이게 어떻게 된 일이에요?"

"나는 아픈 적이 없었다."

"네? 대체 무슨 말씀을 하시는 거예요? 설마 그사이에 저분이 치료를……."

문도희의 제자가 고개를 돌렸다.

그곳에서는 백독전을 빠져나와 휘적휘적 주변을 돌고 있는 붉은 무복의 사내가 있었다.

그 모습에 문도희가 말했다.

"자세한 사항은 비밀이다."

"어, 그 말투는 어디서 많이 들어 본 것 같은데……."

문도희의 제자는 말을 맺지 못했다.

갑자기 여기저기서 소란이 일어났기 때문이다.

"사, 사부님께서 눈을 뜨셨다. 이건 기적이야!"

"어, 문주님! 우리 문주님이 눈을 뜨셨다!"

"오오, 여기도 기적이 일어났다!"

여기저기서 기적이 일어났다며 소란이 일어났다.

그들은 다시 불호를 외기 시작했다.

"나무아미타불……."

합장하면서 한빈을 바라보는 독인들.

오해가 다소 깊은 듯 보였다.

하지만 한빈은 진득한 웃음을 지을 뿐이었다.

오해라고는 해도 그 효과가 긍정적이었다.

한빈은 미소를 머금고 문도희에게 다가갔다.

"괜찮으십니까, 문도희 대협? 이번 일에 적극적으로 도와주셨다고 들었습니다. 감사드립니다."

"감사는 제가 드려야죠, 팽 소협."

"아닙니다. 저야 그저 할 도리를 했을 뿐입니다."

"그래도 정파인이 우리 독인을 위해서 이렇게 나서 준 건 무림 역사상 한 번도 없지 않나요?"

"같은 강호 아래서 정파와 사파를 구분할 필요가 있겠습니까? 하물며 정파와 독문을 구분해서 무엇 합니까?"

"역시 하북의 생불이라 불리는 이유를 알겠군요. 그런데 어떻게 이런 일이 벌어질 줄 알고 있었소?"

"그냥 감입니다."

"생불이라더니 부처의 능력도 가지고 계신 것인가요?"

"그런 게 아닙니다. 그저 운일 따름이지요. 문제는 중요한 일이 하나 더 남았다는 겁니다."

"중요한 일이라면?"

"지금부터 해야 할 협상이 가장 중요하지요."

"누구와 협상을 하시려고요? 혹시 저 안으로 다시 들어가시려는 건 아니시지요?"

"저 안에 있는 이들은 미끼입니다. 그런데 제법 튼실한 미끼를 구한 것 같습니다."

"그렇게 무리하실 필요는 없어요. 일단 승기를 잡았으니 우리가 어떻게든 해 볼게요."

"제가 백 문주님께 말씀드린 대로만 해 주시면 됩니다. 지금은 해를 입은 제자의 치료가 우선입니다."

"음……. 팽 소협 말씀이 맞네요."

문도희는 주변을 둘러봤다.

멀쩡한 제자도 있지만, 곳곳에 신음을 흘리며 괴로워하는 이들도 많았다.

한빈도 그들을 바라보고 있었다.

그 깊은 눈에는 측은지심이 담겨 있는 듯했다.

그때 백주천이 한빈에게 다가왔다.

"팽 소협, 다시 한번 감사드리오."

"아까 말씀드렸듯이 모든 상황이 끝난 게 아닙니다. 그리고 계획의 반은 문주님의 제자 덕입니다."

"그게 무슨 말이오?"

"이번 계획의 반은 문주님의 제자가 세웠다는 거죠."

"내 제자라면……."

"바로 장 의원입니다. 이번 일이 끝나면 마무리도 장 의원과 같이 의논하시면 됩니다."

"허, 자명이가……."

백주천은 말을 잇지 못하고 조용히 고개를 돌렸다.

그곳에서는 장자명이 여기저기 뛰어다니며 독인들을 진정시키고 있었다.

믿었던 제자가 발등을 찍은 상황에, 집 나갔던 골칫거리가 백독문을 구한 것이다.

이를 알고 있던 것은 독문들의 수뇌부밖에 없었다.

그들은 제자들마저 속였다.

그 결과 제자들 중에는 실제로 맹충에 해를 당한 이들도 있었다.

지금은 어느 정도 정리되어 눈이 멀쩡한 제자들이 해를 입은 제자들을 치료제가 있는 곳으로 이동시킨 상황.

백주천이 자신의 가슴을 어루만지며 침음을 삼켰다.

"음."

"괜찮으십니까? 형님."

언제 왔는지 독호가 백주천을 걱정스럽게 바라봤다.

백주천은 손을 저었다.

"나보다는 어서 팽 소협을 돕게!"

"네, 알겠습니다."

독호가 고개를 돌렸지만, 이미 한빈은 그곳에 없었다.

당황한 독호의 어깨를 백주천이 두드렸다.

"아마도 그분을 만나러 갔을 것이야."

"그분이라면 백룡에서 온 분 말입니까? 아직 연공실에 계신 것으로……."

"생각해 보게. 여기 있는 적들을 대체 누가 쓰러뜨렸다고 생각하는 겐가?"

백주천이 어딘가를 가리켰다.

그곳에는 원숭이 가면을 쓴 무사들 몇몇이 포승줄에 꽁꽁 묶여 있었다.

지금 안에 갇혀 있던 아성의 수하 중 백독전의 밖을 맡은 고수들이 분명했다.

만약 이들을 제압하지 못했다면 백독전의 문은 반대쪽이 열렸을 것이고, 지금 독인들은 백독전을 빠져나오지 못했을 것이다.

"그야……."

독호는 답할 수 없었다. 생각해 보니 자신이 아는 모든 고수는 백독전의 안에 갇혀 있었던 것.

백독전 밖에서 대기하고 있던 아성이란 작자의 수하를 제압할 수 있는 아군은 아무리 생각해도 떠오르지 않았다.

독호는 그들의 경지가 자신의 아래가 아님을 알고 있었다.

아니, 정확히 따져 본다면 무공으로는 자신의 위였다.

그 격차를 독으로 메울 수는 있지만, 셋 이상이면 그마저도 불가능했다.

생각해 보면 백독전 밖의 적을 제압할 수 있는 자는 연공실에 있는 백룡의 고수밖에 없었다.

독호는 조용히 북쪽을 바라봤다.

백주천의 시선도 같이 움직였다.

❧

백독문의 북쪽은 화륜산의 절벽과 맞닿아 있었다.

그 절벽 아래에, 독기가 펄펄 날리는 백독문의 내부라고는 믿을 수 없는 풍경이 펼쳐져 있었다.

한 그루의 노송이 버젓이 자리 잡고 있었으며 그 옆으로는 눈이 덮여 있었다.

다만, 연못은 얼지 않아서 잉어가 움직이는 것이 보일 정도였다.

백독문의 사람들은 이곳을 백령정(白靈亭)이라 부른다.

글자 그대로 해석하면 하얀 영혼이 머무는 정자였다.

이 해석에 토를 다는 이는 아무도 없었다.

그만큼 이곳의 백색과 잘 어울린다.

드문드문 심겨 있는 푸른 소나무는 이곳의 백색을 더욱 돋보이게 했다.

지금이 겨울이 아니라는 것을 생각한다면 산서 지방에서는 좀처럼 볼 수 없는 풍경이었다.

그때, 고요한 이곳에 발소리가 울렸다.

터벅터벅.

소리의 뒤를 이어 붉은 신형 하나가 멀리서 나타났다.

백색의 백령정에 나타난 붉은 무복은 마치 북해에 떨어져 있는 한 떨기 붉은 꽃잎처럼 강렬하게 보였다.

이곳에 나타난 붉은 무복의 사내는 물론 한빈이었다.

그 뒤로 백색 무복의 소녀가 입김을 불며 나타났다.

백색 무복의 소녀는 바로 설화였다.

설화가 손에 입김을 불며 말했다.

"공자님, 여기만 겨울인 것 같은데요."

"그런 것 같구나."

한빈은 주변을 살폈다.

피부에 스며드는 한기는 진짜였다.

이곳에 내린 눈도 진짜가 맞았다.

극독은 모든 사물을 얼린다는 전설이 있다.

이곳을 보면 그 전설이 사실인 듯싶었다.

하늘에서 눈이 내리지도 않았는데, 바닥에 쌓인 눈은 진짜라니!

옛 성현들이 다시 태어나서 이곳에 온다면 한참을 고민하고 갈 풍경이었다.

과연 몇 수의 시가 만들어질 것이며 어떤 대단한 구절이 탄생할까?

한빈이 피식 웃고 있을 때였다.

살짝 안개에 가려진 백령정에서 누군가의 기척이 느껴졌다.

아마도 정자를 지키는 호위 무사 같았다.

그 호위 무사가 기세를 피워 내며 앞으로 나왔다.

안개를 뚫고 나온 이는 장대만 한 사내였다.

삐쩍 마른 것이 톡 하면 쓰러질 것 같았지만, 그 기세만큼은 대단했다.

사내는 짧은 몽둥이를 쥐고 한빈 쪽으로 성큼성큼 걸어왔다.

이제 얼굴이 보일 정도의 거리가 되었다.

쭈글쭈글한 피부로 보건대 꽤 나이가 들어 보이는 인물이
었다.

그는 얼마 전 백룡의 마차를 몰았던 인물이었다.

거리가 좁혀지자 옆에 있던 설화가 자연스럽게 우혈랑검
을 잡았다.

한빈에게 설명을 들어 적이 아닌 것은 알지만, 이대로 맞
을 수는 없는 일이 아니던가.

설화가 검집을 잡자 희미한 검명이 울려 퍼졌다.

우웅.

반대편에서 걸어오던 사내도 짧은 몽둥이를 치켜들었다.

설화가 우혈랑검을 검집에서 뽑았다.

한빈은 손을 들어 설화를 막았다.

동시에 정자에서 목소리가 울려 퍼졌다.

"마상, 그만해요. 그분이 바로 우리의 은인이에요."

그 말에 마상이란 사내가 앞을 향해 포권했다.

"죄송하오."

"괜찮습니다. 어르신의 기세에 눌려서 저도 검을 뽑을 뻔
했는걸요."

"어르신이라는 호칭은 과하니 거둬 주시지요."

"나이로만 보면 이곳에서 가장 윗줄이 맞는 것 같은데요."

"그 얘기는 하지 마시오."

마상이 손을 휘휘 내저었다.

한빈이 미소로 답하자 마상이란 사내는 슬쩍 옆으로 물러
났다.

지나가라는 뜻이 분명했다.

한빈은 그를 지나 안개 속으로 들어갔다.

안개 속에 들어가자 주변은 투명해졌다.

정자까지는 스무 걸음.

한빈의 눈에 그곳에 있는 남녀의 모습이 똑똑히 들어왔다.

바로 한빈이 치료해 준 백룡의 고수와 그녀의 동생인 여라
희라는 여인이었다.

백룡의 고수와 여라희라는 여인은 얼핏 보면 서른 안팎으
로 보인다.

한빈은 좀 전에 마상이란 사내를 떠올렸다.

한빈은 아까 나이에 관해 얘기했을 때 마상이 정색하던 것
을 떠올렸다.

아마도 그 표정은 진심이었을 것이다.

백경의 인물과 마찬가지로 상대의 나이를 추측할 수 없었
다.

한빈이 정자에 가까워지자 백룡의 고수와 여라희라는 여
인이 일어났다.

먼저 입을 연 것은 한빈이었다.

"괜찮으십니까? 대협."

"나는 괜찮소이다. 모든 게 소협의 덕분이요. 내가 들은 바에 의하면 하북팽가의 사람이라 들었소만……."

질문을 던진 백룡의 사내가 팔짱을 끼고 한빈을 봤다.

눈빛에 어려 있는 한 줄기 의심.

관아에 있는 포졸의 눈빛과도 같았다.

한빈도 마찬가지로 그의 주변을 살폈다.

주변에는 그들의 짐이 있었다.

그중에서 가장 눈에 띄는 것은 만년빙옥으로 만들어진 관이었다.

한빈은 만년빙옥으로 만들어진 관 속에 잠들어 있던 그를 치료했다.

연공실에 있던 관을 이곳 정자까지 가지고 온 것을 보면, 저 관은 중요한 물건인 것 같았다.

그들이 서로를 관찰하는 데 걸린 시간은 찰나였다.

눈 한 번 깜빡할 시간도 안 지나 그들은 입가에 웃음을 띠었다.

한빈이 먼저 입을 열었다.

"맞습니다. 저는 하북팽가의 사람입니다. 가문에서는 저를 막내라고 부르죠."

"하북팽가의 막내라……."

사내가 입가에 웃음기를 지우고 상체를 기울였다.

그 모습에 한빈이 어깨를 으쓱했다.

그도 그럴 것이, 북해의 사람이 하북팽가의 막내를 알 리 없었다.

아마 들었다고 해도 좋은 얘기는 아닐 것이 틀림없었다.

"아직도 제가 하북팽가의 사람이라는 걸 믿지 못하시는군요. 아니면 저에 대해서 들어 보지 못하셨던가요?"

"오호단문도로 위명을 떨친 하북팽가의 무인이라고 하여 놀라 그런 거니, 언짢아하지는 마시오."

호탕하게 웃는 사내의 눈빛에는 아직도 의심의 흔적이 남아 있었다.

하북의 호랑이라 불리는 하북팽가의 사람이 자신을 고쳤다니, 믿어지지 않은 모양새였다.

하북팽가 하면 환자를 만드는 가문이지, 환자를 치료하는 가문은 아니었다.

한빈도 그 점은 충분히 이해하고 있었다.

연공실에서 그를 치료한 날, 여라희에게 백룡에 관한 정보는 얼핏 들었다.

하지만 한빈은 자신에 관한 이야기를 상대에게 하지 않았다.

하북팽가의 직계가 검술을 쓴다는 자체만으로 사람들이 고개를 갸웃하는 것이 현실이었다.

거기에 더해 의술이라?

아마도 믿지 못할 사람이 더 많을 것이다.

한빈은 사내와 여라희를 번갈아 봤다.

일단 그들에게 얻어야 할 것이 하나 있었다.

여라희는 자신의 오라비가 깨어나면 백경의 약점을 알려 주겠다고 약속했다.

기억을 더듬어 보면, 알려 주겠다고 한 게 아니라 주겠다고 했다.

아마도 그들이 가지고 있는 것은 지식이 아니라 물건일 것이다.

한빈의 추측으로는 백경과 협상을 할 수 있는 물건이 분명했다.

여라희는 그 약점을 사용하려면 적절한 미끼가 필요하다고 했다.

여라희의 말에 한빈은 그 약점에 대해 추측할 수 있었다.

거기에 더해 미끼는 백독전에 잘 모셔 놨다.

한빈은 미끼를 물 대어가 오기 전에 낚싯대를 준비해야 했다.

여기서 대어는 혈후고 낚싯대는 백룡이 가지고 있는 백경의 약점이다.

백경의 약점은 과연 무엇일까?

사실 고민할 필요는 없었다.

이제 곧 확인할 수 있을 테니까!

계획을 차근차근 떠올리는 중간에도 한빈은 상대에게 눈

을 떼지 않았다.

백룡의 고수는 신중하게 상황을 살피는 것 같았다.

신중한 그의 태도로 보면, 바로 전 아성이란 고수와 벌인 심리전보다 힘들 수도 있었다.

찰나의 침묵 속에 사내의 눈빛이 변했다.

그는 깊은 눈빛으로 한빈을 한번 보더니, 뒤에 있는 설화를 한참 동안 바라봤다.

표정을 보면 한빈보다 설화를 더 경계하는 것 같았다.

설화를 바라보는 백룡의 고수는 시시각각 눈빛이 변했다.

그 눈빛에 한빈은 살짝 긴장했다.

설화는 살수 집단인 흑천의 특급 살수 출신.

신분을 아는 자는 대부분 경계하기 마련이었다.

거기에서 조금 더 나간다면 검을 빼 드는 이도 있을 것이다.

중원의 이대살수단체 중 하나가 흑천이다.

마주한 강호인 중 주변 사람이 흑천에 당하지 않았으리란 보장이 있던가?

한빈은 심화편의 지(智)의 구결이 반짝일 정도로 머리를 굴렸다.

그때 사내가 물었다.

"자네는 북해 출신인가?"

사내의 시선은 설화를 향해 있었다.

한빈의 뒤쪽에서 당과를 먹고 있던 설화가 깜짝 놀라 주위를 두리번거렸다.

설화는 그가 누구를 가리키는지도 모르는 것 같았다.

사실 한빈도 당황한 질문이었다.

한빈의 예상을 까마득하게 넘어서는 질문.

설화가 당황하는 것은 당연했다.

그 모습에 사내가 다시 물었다.

"여기 있는 소협의 시녀인 자네 말일세."

"저, 저요?"

설화가 당과 꼬치를 손에 쥔 채 멍하니 사내를 바라봤다.

사내는 조용한 눈빛으로 설화의 답을 기다렸다.

잠시 머뭇거린 설화가 말했다.

"북해는 가 본 적도 없어요."

"음, 그렇군……."

사내가 고개를 끄덕였다.

그의 눈빛은 묘하게 여운을 남겼다.

그때 한빈이 살짝 끼어들었다.

"혹시 저 아이가 대협께 실수라도 했습니까?"

"내가 아는 누군가와 닮아서……. 아무 일도 아닐세!"

사내가 처음으로 당황했다.

한빈도 더는 묻지 않았다.

그저 그가 다음 말을 잇기를 기다릴 뿐이었다.

잠시 설화를 바라보던 사내가 시선을 돌렸다.

다시 찰나의 침묵이 백령정의 짙은 안개를 스쳐 지나갔다.

그것도 잠시, 사내가 진지한 표정으로 말을 이었다.

"내 빚은 얼마나 남았는가?"

"빚이라니, 그게 무슨 말씀이신가요?"

"내 목숨 빚 말일세. 내가 빚을 갚아야 셈이 맞지 않나? 백독전을 지키고 있던 혈후의 수하들은 나와 마상이 잠재웠으니, 빚 일부는 갚은 것으로 하세. 그럼 내가 갚아야 할 빚은 그리 많지는 않을 것 같네만……."

백독전 밖에서 지키던 아성의 수하들을 제압한 것이 사내와 마상인 것 같았다.

사실 이건 여라희에게 부탁한 일이었다.

사내는 그걸로 자신을 치료한 대가를 치르려는 듯 보였다.

한빈은 힐끔 여라희를 바라봤다.

여라희도 당황한 모습이다.

대충 상황은 이해할 수 있었다.

사내가 잠들어 있을 때는 여라희가 백룡의 책임자였는데, 그가 깨어나고 나니 상황이 달라진 것.

그런데 사내는 지금 말을 바꾸려는 듯 보였다.

한빈은 누가 봐도 평범한 미소를 지었다.

그 미소에 옆에 있던 설화가 슬그머니 고개를 돌렸다.

남들이 봤을 때는 평범한 미소지만, 한빈의 지금 미소 뒤에는 항상 사건이 뒤따라왔음을 알기 때문이었다.

한빈이 다시 말을 이었다.

"죄송한데, 잔금이 너무 많이 남아 있습니다."

"잔금이라……. 재미있는 친구군."

"일단 술 한잔 받으시고 분위기부터 푸는 것이 좋을 것 같습니다."

"거기에 말재주가 좋군, 하하."

잠시 웃음이 지나간 후 한빈이 허리 쪽을 만지다 물건 하나를 쓱 빼내었다.

순간 옆에 있던 여라희가 흠칫했다.

긴장도 잠시, 여라희의 표정에 호기심이 일었다.

그 표정을 눈치챈 한빈이 물건을 탁자 위에 올려놓았다.

탁.

한빈이 올려놓은 물건은 호리병이었다.

사내도 고개를 갸웃했다.

"이게 무엇인지 물어봐도 되겠는가? 소협."

"천수주입니다."

"처음 보는 술이군."

"뭐, 특별한 것은 없으나 제 정성이 들어간 술입니다."

한빈의 말은 사실이었다.

천수장의 극양지기를 품은 무를 재료로 만든 술이니 특별한 것은 없었다.

하지만 한빈과 장자명의 손길이 들어간 술이었다.

말을 마친 한빈이 살짝 호리병의 마개를 열었다 닫았다.

한기 사이로 따뜻한 바람이 희미하게 불어왔다.

사내가 눈을 크게 떴다.

"중원에 이런 술이 있었는가?"

"얼마 전까지는 없었습니다. 최근에 제가 만든 술입니다. 한 잔 받으시겠습니까? 첫 잔은 선물로 드리겠습니다."

한빈이 호리병을 들었다.

사내가 고개를 끄덕이자 한빈이 호리병을 통째로 건넸다.

상대는 아무렇지 않게 호리병을 받았다.

그러고는 설화에게 눈짓했다.

설화는 재빨리 보따리에서 술잔 두 개를 꺼내 한빈과 사내의 앞에 놓았다.

어찌 보면 한빈이 한 행동은 강호의 법도였다.

처음 보는 자와 술잔을 마주할 때는 술병을 통째로 건넨다. 그럼 상대는 그 술병과 술잔을 살피기 마련이다.

언제 눈 뜨고 코 베일지 모르는 강호에서는 첫 번째 대작의 시작을 이런 식으로 진행하기도 한다.

한빈이 지금 건넨 것은 술병이 아니라 서로의 신뢰를 확인하는 잣대일지도 몰랐다.

사내는 자신의 앞에 있는 술잔을 검지로 쓱 문질러 본다.

그러고는 호리병을 코끝에 갖다 댔다.

확인이 모두 끝나자 사내의 표정이 확 밝아졌다.

그는 호리병을 기울였다.

호리병을 기울이는 그의 능숙한 손은 마치 악기를 연주하는 것만 같았다.

쪼르륵.

흘러내리는 술은 얼음 낀 계곡 사이를 흐르는 것 같았다.

사내는 술잔을 들었다.

그러고는 눈을 크게 떴다.

"오호, 이런 향과 맛이라니……."

"만년빙옥 속에 그렇게 오래 계셨으니, 양기가 허해지셨을 거 아닙니까?"

한빈이 만년빙옥으로 깎은 관을 가리켰다.

사내는 아무 말 없이 한빈을 바라봤다.

그러고는 다시 호리병을 기울였다.

입 속에 천수주를 털어 넣은 사내의 목울대가 꿀렁였다.

그는 호리병의 술이 다 동나고 나서야 잔을 놓았다.

잔을 놓은 사내는 조용히 눈을 감았다.

갑작스러운 사내의 행동에 여라희가 눈을 가늘게 뜬다.

여라희가 그의 어깨에 손을 올리려 하자, 한빈이 나지막한 목소리로 말을 이었다.

"잠시만 기다리시지요. 미처 못 녹였던 혈맥을 녹이고 계실 겁니다."

"이상은 없는 거죠? 소협."

"네, 기다리시지요."

한빈이 고개를 끄덕이며 사내를 관찰했다.

빙공에 대해서 사람들이 오해하는 것이 있다.

극음지기를 기반으로 하는 빙공의 고수들은 피까지 차가 우리라는 것이 세인들의 생각이다.

하지만 북해의 빙공에 대해서 조금이라도 아는 사람은 그 것이 오해라는 것을 알고 있다.

극음의 기운을 사용하기 위해서는, 혈맥의 보호 때문이라 도 그만큼의 양기가 필요하다.

그 균형이 무너지면 혈맥까지 얼어붙게 된다.

그게 바로 사내가 당했던 수법이었다.

백령정에 한기가 더 짙어질 때였다.

사내가 눈을 떴다.

그의 안광은 이전보다 빛났다.

혈맥이 얼어붙은 상태로 거의 반년을 지낸 그였다.

아무리 고수라고 해도 뒤틀리고 얼어붙은 세맥의 구석까 지 회복할 수는 없는 법.

커다란 빗자루로는 방구석에 낀 먼지를 완벽하게 털어 낼 수는 없는 것이 이치였다.

그의 진기가 커다란 빗자루라면, 천수주는 가느다란 솔이었다.

극양지기를 품은 천수주는 세맥의 구석구석까지 영향을 준 것이다.

일각 정도가 지났을 때였다.

그가 천천히 눈을 떴다.

눈을 뜬 그가 한빈을 향해서 살짝 고개를 까닥였다.

"고맙네."

"고마워하실 필요는 없습니다. 이것도 대협께서 제게 진 빚이니까요."

"아까 선물이라 하지 않았나?"

"첫 잔만 선물이라고 했습니다. 혹시 잊지는 않으셨겠죠?"

"허허."

"제가 원하는 건 딱 한 가지입니다."

"그게 뭔가?"

그 질문에 한빈은 고개를 돌려 여라희를 바라봤다.

"백경의 약점이요. 백경의 약점을 넘기겠다고 약속하셨지요?"

"일단 오라버니께 말씀드릴게요."

여라희가 사내를 바라봤다.

그녀의 눈짓에 사내가 고개를 살짝 기울였다.

무슨 뜻이냐는 표정이었다.

눈빛이 오가던 중 여라희가 사내를 보며 말했다.

"오라버니가 깨어나면 백경의 약점을 넘겨드리기로 했어요."

"그렇다면…….."

"네, 맞아요. 이건 약속이에요."

"지금 제정신이더냐? 그 짐을 중원인에게 지우겠다는 것이냐?"

"그래도 이건 약속이에요."

"약속이라……. 그래도 그건 불가하다."

"백룡이 약속을 저버린 적이 한 번이라도 있었나요?"

"그래도 그건 아니 된다."

그들의 말에 한빈이 고개를 갸웃했다.

중간에 거슬리는 단어가 있었다.

그것은 바로 '짐'이라는 단어였다.

사내와 여라희가 점점 목소리를 높여 갔다. 한빈은 안중에도 없는 듯 그들은 각자의 주장을 하며 날을 세웠다.

이제 한빈이 나서야 할 때였다.

사내의 마음을 돌릴 준비는 이미 끝났다.

사내와 여라희의 목소리가 점점 커지자, 한빈이 입을 가리고 헛기침했다.

"흠."

단순한 헛기침이 아닌, 심후한 내공이 실려 있는 소리였다.

사내와 여라희가 동시에 대화를 멈췄다.

그러고는 슬쩍 한빈 쪽을 바라봤다.

뒤쪽에서 갑자기 기척이 느껴졌다.

타다닥.

뒤쪽에서 등장한 인물은 그들의 시종인 마상이었다.

마상은 채찍을 든 오른손을 움찔거렸다.

여기서 한빈이 조금만 더 움직이면 그 채찍이 날아올 판이었다.

아무래도 한빈의 헛기침을 도발로 받아들인 모양이다.

사실 그 채찍보다 무서운 것은 가늘게 뜬 마상의 눈빛이었다.

그는 한빈을 잡아먹을 듯 노려보고 있었다.

그때 여라희가 손을 들었다.

"마상, 그만해요."

"……."

마상은 뒤로 세 걸음 물러났다. 하지만 채찍을 든 오른손에 힘을 풀지는 않았다.

마상의 등장에 한빈과 설화는 그들에게 포위된 형국이 되어 버렸다.

사내는 한빈을 바라보며 고개를 갸웃할 뿐이었다.

한빈이 미안하다는 표정으로 말을 이었다.

"사실 두 분이 싸우실 이유는 없습니다."

"백룡의 일에 자네가 끼어들겠다는 말인가?"

"저도 이제 백룡과 관계된 사람이니까요."

"백룡과 관계되었다……. 마치 우리를 알고 있었다는 뜻 같군."

"에이, 제가 북해의 깊은 산골에 계신 분들을 어떻게 미리 알겠습니까?"

"그럼 무슨 뜻인가?"

"저는 백룡의 거래처이니까요."

"백룡의 거래처라니?"

사내가 눈을 크게 떴다.

그 모습에 한빈이 활짝 웃으며 말을 이었다.

"다름이 아니라, 지금 드신 천수주 말입니다."

"음."

"대협과 비슷한 증세에 효과가 있을 것 같지 않습니까?"

"……."

"제가 상황을 보니 대협만 그런 증세를 보이신 건 아닌 듯 해서 드리는 말씀입니다. 아마도 북해에는 대협과 비슷한 증세의 환자가 더 있겠죠."

"그걸 어떻게 알았는가?"

사내가 경계하듯 한빈을 바라봤다.

한빈이 손을 흔들었다.

"그야 뻔하죠. 대협이 당하신 독은 극음지기가 강하면 강할수록 효과가 비례하는 독이잖습니까?"

"흠, 소협이 날 치료했으니 그 정도는 알고 있는 게 당연하겠지. 하지만 환자가 더 있다는 건 어떻게 알고 있는지 궁금하네."

"싸구려니까요."

한빈의 말에 사내가 미간을 좁혔다.

"뭐가 싸구려라는 말인가?"

"그 독 말입니다. 싸구려 독입니다. 해독하기는 힘들어도 퍼뜨리는 건 누워서 떡 먹기죠."

이건 사실이었다.

처음에는 한빈도 증세를 심각하게 생각했었다.

그가 처한 상태가 빙혈독과 비슷했기 때문이다.

아마도 여라희도 오라버니가 빙혈독에 당한 것이라고 생각했을 것이다.

빙혈독이라면 기사회생만으로는 원래대로 돌려놓기가 힘들다. 반드시 대량의 독각이 필요하다.

물론 한빈에게 그런 수고는 필요하지 않았다.

그가 당한 독은 몸의 균형만 흩트려 놓는 소음초가 주재료였기 때문이다.

남만에서는 쉽게 구할 수 있으나 북해에서는 찾아볼 수 없는 약재.

소음초에 당했으리라고는 생각 못 하는 것 같았다.

물론 한빈도 전생의 경험이 없었다면 못 알아챘을 것이다.

덕분에 용린검법의 기사회생으로 환자의 혈맥 중 구 할을 회복시키자 자연스럽게 그의 상태가 회복되었다.

그리고 나머지 일 할 중 일부를 오늘 천수주로 회복한 것이다.

싸구려 약재로 한 조직의 수뇌부를 중독시켰다고?

지나가는 개가 웃을 일이었다.

또한 전쟁이란 수장의 목을 노리는 대결이 아니다.

전체 세력의 힘을 줄여 놔야 하는 것이 병법의 기본이었다.

눈앞의 사내가 빙공의 고수이기에 상태가 심했던 것뿐이지, 다른 환자가 있을 것은 분명했다.

한빈이 진지한 눈빛으로 사내를 바라봤다.

시선을 마주한 사내는 관자놀이를 매만졌다.

"흠."

그는 깊은 눈빛으로 잠시 한빈을 바라보더니 다시 말을 이었다.

"고칠 수 있겠는가?"

"물론입니다. 북해에는 아직 환자들이 남아 있는 게 맞죠? 제가 따라가지는 못하겠지만, 치료법은 넘겨드리겠습니다. 치료제는 대협이 맛보신 천수주입니다."

"그럼 거래처란 말이……."

"네, 맞습니다. 그 술을 팔겠다는 이야기입니다."

"내가 기연을 얻었나 보군."

그의 눈빛이 변했다.

그는 자신을 치료한 것보다 북해에 남은 환자를 치료할 방법을 가르쳐 주겠다는 것에 감명을 받은 듯싶었다.

"기연이 아니라 동업자로 생각해 주시죠."

순간 사내가 자리에서 일어났다.

"내 소개가 늦어서 미안하네. 나는 백룡족의 여춘수라고 하네."

"여춘수 대협이셨군요. 저는 하북팽가의 팽한빈이라고 합니다."

말을 마친 한빈은 잠시 그 이름을 떠올렸다.

전생에는 기억이 없는 인물이었다.

사실 전생에는 백경이나 백룡 등의 세력에 대해서 자세히 몰랐었다.

한빈은 그를 치료하면서 대충 내력을 살폈다.

깊이를 알 수 없는 바다와도 같은 내기가 그의 몸에 잠들어 있었다.

백경의 백도 그렇고 백룡의 여춘수도 그렇고, 무공으로만 봐서는 천하에서 열 손가락 안에 들 인물이었다.

그런데 전생에 기억이 없다니!

전생에는 이런 인물들이 연못 속에서 웅크리고 있었다고

봐야 했다.

잠룡(潛龍)?

아니, 벌써 하늘로 날아올라 구름 속에 숨어서 천하를 지켜보는 구름 속의 용이었을 수도 있었다.

상념도 잠시, 한빈은 고개를 갸웃했다.

여춘수의 옆에 있던 여라희의 표정이 이상했기 때문이다.

눈을 크게 뜬 것이 누가 봐도 놀란 모습이었다.

한빈은 살짝 의문이 들었다.

아무리 봐도 강호인들의 평범한 대화였다.

한빈의 표정을 눈치챘기 때문일까?

여라희가 잠시 끼어들었다.

"백룡의 족장이 자신의 이름을 말해 준다는 건 그와 친구가 되겠다는 뜻이에요, 소협."

"친구라……."

"소협은 친구라는 말이 쑥스러우신 것 같은데요."

"쑥스러운 것이 아니라, 요 앞에 두고 온 친구 생각이 나서 그랬습니다."

한빈이 떠올린 친구는 바로 아성이었다.

입으로는 친구라 불렀지만, 얼마 뒤 미끼가 되어야 하는 적이었다.

여라희가 다시 말을 이었다.

"백룡족의 친구는 서로 목숨을 맡길 수 있어야 해요. 참고로 우리 오라버니는 아직 친구가 없어요."

"영광입니다, 대협."

한빈이 재빨리 여춘수 쪽으로 고개를 돌려 포권했다.

그 모습에 여춘수가 웃었다.

"하하, 친구라는 말에 부담을 느끼지는 마시오."

"제 등을 맡길 만한 고수가 친구라면 언제든지 환영입니다."

한빈은 희미하게 웃으며 전생의 귀검대를 떠올렸다.

전생이 아무리 엿같다고 한들 많은 친구가 한빈의 등을 지켜 준 것을 보면 헛된 인생은 아니었다.

물론 이번 생도 똑같았다.

한빈의 등을 지켜 줄 친구들이 언제나 옆에 있었다.

이제 거기에 친구 한 명이 추가되었다.

이번 생에는 그 친구들의 등을 한빈이 지켜 줄 차례였다.

잠시 상념에 잠겼던 한빈이 고개를 들었다.

여춘수의 눈빛 때문이다.

자세히 보니 그의 눈은 복잡한 감정을 담고 있었다.

그것도 잠시, 여춘수가 결심한 듯 입을 열었다.

"혹시 백륜(白輪)에 대해서 들어 보셨는가?"

"처음 들어 봅니다. 혹시 그게 백경의 약점입니까?"

"약점은 맞네. 하지만 그걸 가진 사람도 구석에 몰리는 것은 똑같네. 바로 우리처럼……."

여춘수가 말을 끊고 회한에 잠긴 듯 잠깐 하늘을 올려다봤다.

그 모습에 한빈도 결심한 듯 고개를 끄덕였다.

아무래도 자신의 상황을 솔직하게 털어놓아야 대화가 정상적으로 진행될 것 같았다.

한빈이 말을 이었다.

"사실, 저는 백경의 백이란 자와 전쟁 중입니다.. 먼저 선공을 날린 것도 백경이고요. 그런데 어찌 맞고만 있을 수 있겠습니까? 다른 건 몰라도 코피 한 번쯤은 터뜨려야 하지 않겠습니까?"

모든 것은 사실이었다.

한빈의 표정은 그 어느 때보다 진지했다.

그에 비해 한빈의 말투는 싸움을 앞둔 동네 아이 같았다.

그 모습에 여춘수는 할 말을 잃었고 여라희는 웃음을 터뜨렸다.

"풉."

"제가 웃음을 찾아 드린 것 같아서 기쁘군요. 그런데 백륜이란 물건이 뭡니까? 저는 들을 준비가 됐습니다."

여춘수가 표정을 수습하고 진지한 표정으로 물었다.

"진짜 듣고 싶은가?"

한빈이 고개를 끄덕였다.

"저는 준비가 돼 있습니다."

한빈의 표정을 살핀 여춘수가 말했다.

"날카로운 검은 상대를 위협하기도 하지만, 자신을 상하게 할 수도 있는 법이네."

"그 말은……."

"백경이 포기할 줄 모르는 집단이기에 하는 말이네."

"흠, 그런 걱정은 하지 않으셔도 됩니다. 제가 그들과 몇 번을 싸웠는지 모릅니다. 장운현에서는 천독이란 자와, 사천에서는 암제와, 그리고……."

한빈은 입에 물레방아를 달아 놓은 것처럼 그동안의 일들을 털어놨다.

뭐, 그중에는 살짝 과장을 섞어 넣기도 했다.

이야기를 듣던 여춘수의 눈이 한계까지 커졌다.

한빈의 말이 끝나자 여춘수가 황당하다는 듯 물었다.

"그런데 아직 살아 있소?"

"보시다시피요."

한빈이 가슴을 활짝 폈다.

그 모습에 여라희가 말했다.

"거봐요, 오라버니. 팽 소협은 믿을 수 있는 분이라고 했잖아요. 조금 과장된 내용 같기도 하지만……."

그녀가 살짝 말끝을 흐렸다.

생각해 보니 말도 안 되는 상황이기 때문이었다.

여춘수가 웃었다.

"허허."

여춘수가 마지막 고민을 하는 듯 보이자, 한빈이 웃으며 자리에서 일어났다.

살짝 기름칠을 더해야 할 때였다.

"뭐, 백륜이란 게 그렇게 아깝다고 하시면, 저는 그냥 돌아가겠습니다."

"잠깐!"

여춘수가 손바닥을 보이며 외치자 한빈이 다시 자리에 앉았다.

"마음이 바뀌셨습니까?"

"일단 내 설명을 듣고 결정하시는 게 좋을 것 같네."

"말씀하시지요. 저는 준비됐습니다."

"본래 백경은 북해의 대표적인 세 부족 중 하나였네. 세 부족 중 백호족은 북해를 다스리는 북해빙궁에 자리를 잡았고, 우리 백룡족은 북해보다 더 추운 극한 호수로 가서 불사를 이룰 수 있는 연구를 했네. 그리고 백경족은 북해와 타 지역을 오가며 무역상 역할을 했다오. 이건 모두 이백 년도 더 된 얘기요. 그런데 어느 날 백경이 사라졌소. 그리고 다시 나타난 것이……."

여춘수는 쉬지 않고 말을 이었다.

그는 마치 옛날이야기를 하듯 북해의 이야기를 담담하게 한빈에게 전했다.

그가 전한 이야기는 꽤 길었다.

이백 년 전부터 시작해서 백 년 전 그리고 현재의 이야기를 털어놓았다.

그중에서는 한빈이 조사했던 내용과 전혀 다른 이야기도 있었다.

백경은 본래부터 열두 척으로 이루어졌다고 했다.

이건 한빈도 예상하던 바였다.

토끼 가면과 원숭이 가면을 쓴 무사들이 있으니, 세상 어느 곳에는 호랑이 가면이나 용의 가면을 쓴 백경의 집단도 있을 것이었다.

여춘수는 본론에 들어가기 전에 잠시 말을 끊었다.

옆에 있던 여라희가 찻잔에 차를 붓는다.

쪼르륵 소리가 시간의 흐름을 끊어 놓는 것만 같았다.

잠시 침묵이 오간 후, 여춘수가 자신의 품을 뒤졌다.

백색의 천에 싸인 물건이었다.

여춘수는 다시 차를 한 모금 마셨다.

마치 경건한 의식을 취하는 듯 보이기까지 했다.

찻잔을 내려놓은 여춘수는 조심스럽게 천을 풀었다.

손바닥 정도 크기의 동그란 형태의 물건이 모습을 드러냈다.

같은 시각 백독전 앞.

마지막 결전을 위해 독문들의 수뇌부만이 이곳에 남아 있었다.

책임자인 백주천은 눈도 깜빡이지 않았다.

만약에 혈후란 자가 나타나면 바로 신호를 보내야 했기 때문이다.

그때였다.

누군가의 목소리가 백주천의 귓가에 박혔다.

"혈향이 풍겨 오네요."

백주천이 다급히 고개를 돌렸다.

그곳에는 청화라는 아이가 있었다.

전해 듣기로는 사천당문의 직계에, 뛰어난 자질을 지닌 독인이었다.

백주천이 청화를 바라보며 물었다.

"지금 자네가 한 말은 혹시……?"

"공자님이 말했던 혈후라는 여인이 온 것 같아요."

청화가 상대의 말을 끊고 어딘가를 가리켰다.

그녀가 가리키는 곳에 어렴풋이 그믐달이 보였다.

오늘은 달빛마저 희미한 날.

아직 어둠 속에 보이는 신형은 없었다.

멀리서 다가오는 붉은 안개가 보였다.

백주천은 재빨리 모두를 향해 외쳤다.

"모든 독인은 준비된 자리로 향하시오!"

내공이 담겨 있는 목소리가 전각을 중심으로 울려 퍼졌다.

그 목소리에 화답하듯 모두가 전각을 빙 둘러 자리를 잡았다.

그들은 한 손에는 횃불, 한 손에는 병장기를 들고 있었다.

자리를 잡은 독인들은 횃불을 바닥에 꽂았다.

공중에서 본다면 이것이 진법임을 알아챌 것이다.

횃불은 하나의 글자를 만들고 있었다.

그것은 바로 독(毒)이라는 글자였다.

진영을 갖춘 독문의 대표들은 서로를 바라봤다.

그들의 눈빛에 담겨 있는 감정은 하나였다.

그것은 바로 신뢰.

서로를 향해서 보내는 신뢰는 단 한 명을 향한 믿음이기도 했다.

그들은 조용히 백령정이 있는 북쪽을 바라봤다.

⚓

한편 백령정에서는 차분한 대화가 이어지고 있었다.

한빈은 조용히 백륜이라는 물건을 바라봤다.

흰백색에 동그란 형태 그리고 가운데에는 육각형 모양의 구멍이 있었다.

물건을 풀어헤친 채 팔짱을 끼고 있는 여춘수를 본 한빈이 물었다.

"이게 백륜입니까?"

"그렇다네."

"위험한 물건처럼은 안 보이는데요?"

이 말은 진심이었다.

모양만 봐서는 선박의 방향타를 축소해 놓은 것 같았다.

흰백색으로 봐서는 다른 배도 아닌 백경의 방향타가 분명했다.

방향타를 축소해 놓은 듯한 물건이 백경의 약점이라⋯⋯.

이건 한빈도 이해할 수 없었다.

한빈의 표정을 본 여춘수가 그럴 줄 알았다는 듯 희미한 미소를 지었다.

"이 백륜은 배의 주인을 바꿀 수 있는 물건이네."

"주인을 바꾼다고요? 그럼 백륜만 있으면 백경의 한자리를 차지할 수 있다는 건가요?"

"아니, '백륜만 있으면'이란 말은 틀렸네. 백륜이 있어야 한자리를 차지할 수 있네. 그 자리라는 것은 백경의 선주를 말함이고."

"흠, 기존의 선주를 밀어낼 수 있다는 말씀이군요. 그렇다면 위협적인 물건이 맞네요."

"대신 두 가지 조건이 있네."

"두 가지 조건이라면……."

"그 조건 때문에 백륜은 계륵이 될 수밖에 없다네."

버리기는 아까우나 먹을 것도 없는 닭갈비를 두고 하는 말이었다.

말을 마친 여춘수가 눈을 가늘게 뜨고 어딘가를 바라봤다.

방향으로 보면 북해가 있는 곳이었다.

한빈은 잠시 그를 지켜보기만 했다.

잠깐 동안이지만, 여춘수의 눈빛에서 북해의 수많은 역사가 흘러나오는 것만 같았다.

그는 눈빛을 갈무리한 뒤 차분한 목소리로 말을 이었다.

"첫째는 백경의 십이 선주 중 하나의 추천이 있어야 한다네. 그리고 둘째는……."

여춘수가 말을 끊자 한빈이 상체를 기울였다.

"이러다 궁금해서 숨넘어가겠습니다."

한빈은 계속해서 적당히 과장을 섞었다.

지금까지 여춘수가 말해 준 것들은 며칠 전 여라희와의 대화에서 유추한 사항이었다.

백경의 약점이라?

그 약점으로 할 수 있는 것이 무엇이 있을까?

그들의 조직을 분열시키는 것이 어찌 보면 가장 가능성이 높았다.

여춘수가 다시 말을 이었다.

"그런데 첫 번째를 충족한다는 게 쉬울 것 같은가?"

"……."

"백경은 세상에 드러나지 않은 세력인데, 그 백경의 선주에게 허락을 받으라고? 과연 이게 가능할 것이라 보는가?"

"어찌 보면 동료의 등에 칼을 꽂는 행동이 될지도 모르겠군요."

"그들 사이에 동료애는 없네. 문제는 두 번째 조건 때문에 첫 번째 조건이 걸림돌이 된다는 것일세."

"걸림돌이라면……."

"백경의 열두 선주 중 하나의 목숨을 취해야 하는 게 두 번째 조건이네. 선주를 죽이고 그 배를 탈취하는 것이네. 즉 약육강식이란 말이 어울리는 조건이지. 첫 번째 조건을 승낙한다는 선주가 있다면 그는 바보일세. 그 자리에서 추천해 준 선주를 죽일 수도 있지 않은가."

"백경의 선주들은 무림삼존과 견주어도 아래가 아니던데, 그게 가능합니까?"

"백륜을 가질 자격이 있는 자라면 가능하지."

여춘수는 백륜을 쓰다듬었다.

그 모습에 한빈이 아무 말 없이 눈을 가늘게 떴다.

여춘수의 무위는 백경의 선주와 견주어도 밀리지 않는 것이 분명했다.

어찌 보면 무림삼존과 비등할지도 모른다.

힘이 없는 자라면 모르겠지만, 백륜을 가지고 있는 여춘수는 그들에게 잠재적인 적일 수도 있었다.

그들이 백륜을 찾는 이유는 경쟁자가 될 새싹을 제거하기 위해서가 분명했다.

뭐, 다른 이유가 존재할 테지만, 한빈의 추측은 여기까지였다.

여춘수가 준 단서로는 더 이상 추측할 수 없었다.

여기서 더 추측한다면 망상이 될 가능성이 있었다.

한빈은 여춘수를 조심스럽게 바라봤다.

중요한 것은 알맹이 하나를 한빈에게 말하지 않았다는 점이었다.

그것은 바로 그가 백륜을 얻게 된 경위였다.

하지만 한빈은 그것을 묻지 않기로 했다.

"음, 이제 대충 이해됩니다. 이 백륜이 왜 위험한지도요."

한빈이 고개를 끄덕이자 여춘수가 활짝 웃었다.

"이해가 빨라서 좋군."

"제가 세 살 때 사서삼경을 뗐습니다."

한빈의 말에 옆에 있던 설화가 고개를 갸웃한다.

처음 들어 보는 소리라는 표정이다.

그 표정을 본 여춘수가 다급하게 입을 가렸다.

아마도 웃음을 참는 듯 보였다.

한빈이 다시 말을 이었다.

"어렸을 때라서 정확히 기억은 나지 않습니다."

"알겠네. 일단 이거나 챙기시게."

여춘수는 백륜을 한빈에게 내밀었다.

쓱.

한빈이 고개를 갸웃했다.

"제게 주시는 겁니까? 위험한 물건이라면서 아무렇지 않게 주셔도 되는 건가요?"

"자네가 말하지 않았나?"

"제가 약점이 필요하다고는 했지만……."

"백과 대치 중이고 혈후와도 일전을 벌였다고 말이네. 내가 백륜을 주지 않아도 백경 중 두 세력은 팽 소협을 쫓을 것일세."

"그들의 약점을 손에 쥐었다는 게 기쁘면서도 뒤통수가 근질거리네요. 한 가지만 더 물어보죠."

말을 마친 한빈은 아무렇지 않게 백륜을 품속에 넣었다.

그 모습에 여춘수는 그럴 줄 알았다는 듯 고개를 끄덕였다.

"얼마든지 물어보시게나."

"저의 뭘 믿고 이걸 주시는 겁니까?"

"나는 딱 두 부류의 인간만 믿네."

"두 부류라니요?"

"동업자와 친구일세."

"하하, 그럼 저는 둘 다 해당되는 건가요?"

"당연한 것이 아닌가?"

"그럼 친구로서 하나만 더 여쭤봐도 되겠습니까?"

"내가 아는 한도 내에서 다 말해 주겠네."

"혹시 말입니다. 순서를 바꾸면 안 되나요?"

"그게 무슨 말인가?"

여춘수가 고개를 기울이자 한빈이 아무렇지 않게 말을 이었다.

"백경의 십이 선주 중 하나의 추천이 있어야 한다고 하셨잖아요. 그냥 죽이고 추천을 받으면 안 되냐는 뜻입니다."

"추천 없이 그냥 죽인다면 적으로 간주하고 나머지 열한 척의 배가 팽 소협의 뒤를 쫓을 것이네."

"조금 살벌해지는군요."

이 말은 진심이었다.

만약 그들이 하북팽가를 비롯한 한빈과 관계된 가문을 공격한다면?

한빈의 표정을 본 여춘수가 말했다.

"선주 하나를 죽일 수는 있겠지만, 백륜에 추천을 남겨 줄 선주는 없을 것이네. 이 백륜을 쫓던 선주 둘은 아마도 이걸 빼앗아 백경 내에 자신의 세력을 하나 더 만들려고 했을 것이 분명하네."

"그 이유가 가장 크겠군요."

한빈이 고개를 끄덕였다.

백륜을 빼앗으려는 이유 중 지금 여춘수가 말한 것이 가장 클 것이다.

한빈이 자리에서 일어났다.

그 모습에 여춘수가 말했다.

"백륜이 부담스럽다면······. 그냥 두고 가도 좋네."

"아닙니다. 백륜은 제게 훌륭한 낚싯대가 될 것 같습니다."

"낚싯대라! 그것참······. 미끼가 없다면 낚싯대가 무슨 필요가 있겠나?"

"마침 제게 좋은 미끼가 하나 있어서요."

뒤돌아선 한빈의 입가에는 희미한 미소가 맺혀 있었다.

터벅터벅.

한빈은 아무렇지 않게 안개 속을 벗어났다.

한빈이 막 안개 속에서 나왔을 때였다.

뒤에서 다급한 목소리가 들려왔다.

"팽 소협."

고개를 돌려 보니 여라희가 다급한 표정으로 뛰어온다.

"무슨 일이신지요? 여 소저, 아니 대협."

한빈은 그의 호칭을 못 정한 듯 살짝 얼버무렸다.

그도 그럴 것이 처음 만났을 때부터 느꼈던 점이지만, 백룡의 사람들은 살짝 나이에 민감한 듯싶었다.

거기에 더해 그들은 실제 나이가 가늠이 되지 않았다.

방금까지 마주 보며 대화하던 여춘수도 똑같았다.

말투로만 봐서는 얼마 안 가 등선할 도인과 비슷했다.

하지만 얼굴은 많아야 서른 후반 정도로만 보인다.

여라희의 표정을 보니 한빈이 호칭을 잘못 선택한 것 같았다.

살짝 미간을 좁히는 것이 불만이 있는 것이 분명했다.

"대협이라니……. 조금 부담스럽네요."

"그럼 혹시 누님이라고 불러도 될까요?"

"호호, 친근하고 좋네요."

아마 누님 혹은 소저가 정답인 듯싶었다.

"그런데 갑자기 무슨 일로……."

"선물로 드릴 게 있어서요."

"제게 주실 선물이 있다고요? 백륜은 이미 챙겼습니다."

"그것 말고요. 저기!"

여라희가 뒤쪽을 가리켰다.

그곳에서는 마상이 만년빙옥관을 끌고 오고 있었다.

그 모습에 한빈이 고개를 갸웃했다.

"혹시 저 만년빙옥관 안에 제게 주실 선물이……."

"아니에요. 저 빙관이 선물이에요."

"저걸 제게 주신다고요?"

"북해에서는 친구가 되면 선물을 교환하는 풍습이 있거든요."

"그런데 저 만년빙옥관은 여춘수 대협의 목숨을 지켜 준 물건이 아닙니까?"

"그래서 드리는 겁니다. 자신에게 중요한 의미가 담긴 물건을 주로 선물로 선택합니다."

"아, 그렇군요."

말을 마친 한빈은 손가락을 튕겼다.

딱!

그 소리에 설화가 자리에서 사라졌다.

갑작스러운 상황에 뒤쪽에서 만년빙옥관을 끌고 오던 마상이 멈칫했다.

여라희도 놀란 듯 눈을 크게 떴다.

"팽 소협, 무슨 일인가요?"

"저도 선물을 준비해야 할 것 같아서요."

"신경 쓰지 않으셔도 돼요. 이건 북해, 아니 그중에서도 백룡의 풍습입니다."

"백룡의 친구가 되었으니, 저도 반은 백룡의 사람이 아닌가요?"

"……."

여라희는 답하지 못했다.

갑자기 뜨거운 기운이 단전에서부터 백회혈을 관통했기 때문이다.

사실, 그것은 진기 같은 기운이 아니라 감정이었다.

그때 뒤쪽에서 물건 끄는 소리가 들려왔다.

드드득. 드드득.

땅과 쇠가 마찰하는 미묘한 진동음.

고개를 돌린 여라희의 눈이 커졌다.

그것은 거무튀튀한 관이었다.

빙옥과 대비되는 검은색의 관.

검은색의 관을 끌고 오는 백색 무복의 소녀는 물론 설화였다.

같은 시각 백독전.

경계 태세를 취한 독인들은 눈도 깜빡이지 않았다.

청화가 말했던 혈향을 그들도 감지했기 때문이다.

그때 앞쪽에서 기척이 느껴졌다.

스르륵.

옷깃이 땅에 끌리는 듯한 소리가 울렸다.

묘하게도 불쾌한 소리였다.

모두는 소리를 따라 백독전의 오른쪽으로 고개를 돌렸다.

소리가 나는 곳에는 짙은 붉은 안개가 끼어 있었다.

붉은 안개는 일정 거리를 유지하고 멈췄다.

넘실거리는 붉은색 기운은 마치 하나의 눈동자처럼 그들을 관찰하는 듯 보였다.

뼈를 때리고 살을 취하다

백주천이 반사적으로 검을 뽑았다.

스릉.

동시에 다른 독인들도 병장기의 방향을 돌렸다.

병장기에서 발하는 예기만큼이나 그들의 눈빛이 반짝였
다.

은빛 섬광이 백독전 주변을 뒤덮었다.

그때 혈향이 풍겨 오던 방향에서 목소리가 들려왔다.

"호호, 환영 인사치고는 과하구나. 아이들아."

목소리는 들렸지만, 신형은 드러나지 않았다.

신형의 주인 대신 오직 붉은 안개만 보였다.

백주천이 붉은 안개를 향해 걸어 나갔다.

저벅저벅.

그는 최대한 표정을 숨겼다.

혈후에 대해서는 백주천도 알고 있었다.

그녀는 백경의 선주 중 하나.

혈후의 무공은 자신도 측정하지 못할 정도였다.

목소리를 접하자 백주천의 어깨가 살짝 떨렸다.

백독문의 문주로서는 보여선 안 될 수치.

물론, 두려움은 당연했다.

하지만 백독지회의 주최자이자 이곳의 대표로서 할 일을 해야 했다.

거기에 더해 은인인 하북팽가 사 공자와의 약속도 있었다.

백주천은 위쪽을 힐끔 보았다.

그러고는 손가락 세 개를 폈다.

전각 위에 있던 백독문의 제자가 조그만 상자 안에서 길쭉한 물체를 꺼냈다.

모양으로 봐서는 조그마한 폭죽이었다.

백독문의 제자가 화섭자로 불을 붙였다.

차르륵.

심지 타들어 가는 소리와 함께 백독문의 제자는 하늘 위로 폭죽을 던졌다.

휙!

바람 소리를 내며 허공으로 솟구친 폭죽을 본 백주천은 안도의 한숨을 쉬었다.

"휴, 일단 내 할 일은 다 했군."

진심이 섞인 한숨이었다.

백령정에 있을 하북팽가의 사 공자에게 신호를 보내는 것이 이번 계획의 첫 번째 단추였다.

그때였다.

허공에서 폭죽이 터졌다.

펑!

그런데 터진 위치가 이상했다.

허공으로 올라가다 말고 중간에서 폭죽이 터진 것이다.

백주천은 하늘 위를 바라봤다.

그믐달이라서 그런지, 달빛이 희미하지만 아예 안 보일 정도는 아니었다.

허공을 바라보던 백주천의 눈이 커졌다.

붉은 안개가 허공을 덮고 있었기 때문이다.

그때 앞쪽에서 다시 웃음소리가 들려왔다.

"호호. 지원군이라도 부르려는 것이냐? 그래 봤자 희생자만 더 늘어날 텐데?"

"네가 혈후구나."

"말이 짧구나, 백독문의 아이야. 네가 나에게 말을 놓을 처지더냐?"

"백독지회에 초대받지 못한 자를 내가 존경할 필요는 없지."

"백룡의 쥐새끼도 백독지회에 초대받지 못한 건 똑같지 않으냐? 거기에 청운사신이란 자와 적룡대협이란 자도 초대받지 못한 것은 나와 마찬가지고."

"그분들이 왜 초대받지 못했다고 생각하지?"

"오호라, 그럼 나만 초대받지 못했다는 것인가? 그럼 이렇게 하면 되겠군."

말을 마친 혈후가 손을 뻗쳤다.

순간 붉은 안개가 선이 되어 전각 위로 꽂혔다.

픽!

마치 벼락이 내려치는 듯한 착각이 들 정도였다.

순간 전각 위에서 기분 나쁜 소리가 울렸다.

데구루루.

둥근 물체가 전각 위에서 천천히 구르더니 점점 속도를 냈다.

휙, 툭.

처마 밑으로 떨어진 물체를 본 독인 중 몇몇이 고개를 돌렸다.

물체의 정체는 다름 아닌 전각 위에서 신호를 보냈던 백독문의 제자였다.

목이 떨어져 나간 채 눈을 꿈뻑이고 있는 모습은 산전수전

다 겪은 독인들이라고 해도 마주하기 힘들었다.

백주천은 검을 움켜쥐고 한 발 앞으로 나갔다.

저벅.

순간 웃음소리가 다시 울려 퍼졌다.

"일단 선물은 줬으니, 초대받을 자격이 있지 않으냐?"

"이게 선물이라고? 감히 내 제자를!"

백주천은 이를 악물었다.

그는 지금 한빈이 말해 준 것을 순간적으로 까마득하게 잊어버렸다.

한빈은 분명히 시간만 끌어 달라고 했다.

하지만 제자가 죽어 나갔는데 평정심을 유지할 사부는 없었다.

지금 목이 달아난 제자는 최근에 들인 제자였다.

백주천은 이를 부득 갈았다.

붉은 안개를 향해 검을 뻗었다.

그러고는 뒤도 돌아보지 않고 달려갔다.

하지만 거기까지였다.

앞으로 나가던 백주천이 멈췄다.

순간 그는 슬쩍 뒤를 돌아봤다.

뒤쪽에서는 어쩔 줄 모르는 독인들이 보인다.

백주천이 멈춘 것이 의도가 있다고 보는 독인들도 있었고.

백주천이 혈후에게 당한 것이라고 보는 독인들도 있었다.

문제는 대응이었다.

지금 이곳의 지휘관은 백주천.

그런데 그가 지시를 내리지 않고 있자 혼란이 생긴 것이었다.

백주천이 내린 마지막 지시는 자리를 지키고 있으라는 것이다.

독인들 수장들은 움찔대면서도 백주천만을 바라보고 있었다.

그중 문도희가 마른침을 삼켰다.

이제까지는 모두 계획대로였다.

하북팽가 사 공자가 전한 계획대로 독인들을 위협하던 적을 백독전 안에 가뒀으며, 사 공자는 그들을 이용해서 차후에 올 적을 물리칠 것이라고 했다.

그것을 위해서라도 독진을 펼친 채 자리를 지키며 시간을 끌라는 것이 사 공자의 부탁이었다.

하지만 독진의 머리 역할을 하던 백주천이 빠지자 전체적으로 균형이 흐트러진 것이다.

백주천을 자리로 복귀시키기 위해서는 지금 나서는 것이 맞았다.

그때였다.

붉은 안개 속에서 창 한 자루가 나왔다.

휙!

붉은색 창은 곧바로 백주천의 팔을 꿰뚫었다.

픽!

붉은색 창은 찔러 오던 속도만큼 다시 붉은 안개 속으로 들어갔다.

동시에 창이 다시 하나 날아왔다.

창이 향한 곳은 백주천의 허벅지.

푹!

허벅지를 뚫고 나온 창은 다시 회수되었다.

지금의 모습은 사람을 두고 바느질을 하는 것 같았다.

이상한 것은 백주천이 비명조차 지르지 못한다는 점이다.

그 모습을 바라보던 문도희는 검을 쥔 오른손을 부들부들 떨었다.

푹!

이번에는 옆구리였다.

요혈을 피해서 찌르는 묘한 모습이, 일부러 숨통을 붙여 놓고 고통만 주는 것 같았다.

문도희의 입술이 달싹거리기 시작했다.

백주천을 구하기 위해서는 지금이 나서야 할 때임을 알고 있었다.

하지만 적을 물리치기 위해서는 지금의 위치를 지키는 것이 맞았다.

나서느냐? 아니면 지금의 위치를 지키고 돌아올 하북팽가의 사 공자를 기다리느냐!

그때였다.

백주천의 비명이 터져 나왔다.

"악!"

동시에 백주천이 고개를 돌렸다.

그는 모든 독인들에게 뭐라 외쳤다.

하지만 목소리는 나오지 않았다.

그 외침은 마치 구해 달라고 하는 것 같았다.

그것이 문도희의 마음을 움직였다.

파박!

그녀의 검이 붉은 안개를 향해 나아갔다.

그것도 잠시, 그녀가 멈췄다.

문도희가 멈춘 곳은 백주천의 바로 옆이었다.

그녀는 고개를 돌려 옆을 바라봤다.

시선이 마주친 백주천이 입만 벙긋거렸다.

입 모양만으로도 그가 전하는 뜻을 알아차리는 것은 그리 어렵지 않았다.

그가 전한 것은 오지 말란 말이 분명했다.

붉은 안개의 공격을 맞으면서도 진영을 유지하기를 바랐던 것이 분명했다.

문도희는 자책해야 했다.

그것도 잠시, 상상도 못 할 강력한 기운이 그녀를 옥죄어 왔다.

마치 마혈을 제압당한 기분이었다.

문도희는 이 안개의 정체를 알 것 같았다.

이 안개는 분명히 피였다.

그중에는 이전에 당했던 진혈독의 기운도 느껴졌다.

문도희는 그제야 하북팽가의 사 공자가 왜 시간을 끌기만 하라고 했는지를 알 것 같았다.

백독문 밖에서도 진혈독에 당해서 옴짝달싹 못 했던 게 불과 며칠 전 일이었다.

그런데 상대가 파 놓은 함정에 이리 걸려들 줄은 몰랐다.

강호인들은 독인을 흔히 거미에 비유한다.

거미는 먼저 적을 공격하지 않는다.

거미줄을 치고 먹잇감이 다가오기를 느긋하게 기다리는 사냥꾼이 바로 거미가 아니던가?

독인들도 똑같았다.

먼저 달려가 상대를 힘으로 꺾기보다는, 독이라는 거미줄을 치고 상대가 달려들기를 기다려야 했다.

그런데 지금은 상대의 거미줄에 걸려든 꼴이 되었다.

이번이 두 번째이니 고개를 들 수가 없었다.

목이 달아나도 누굴 원망할 수 없는 상황.

강호에서 닳고 닳은 독인이 똑같은 수법에 당하는 것은 죽어도 싸다 생각했다.

문도희는 침음을 삼켰다.

"흠, 제길⋯⋯."

이상한 것은 몸은 움직이지 않지만, 백주천과는 달리 목소리는 나왔다는 점.

그때 안개를 뚫고 붉은 창 하나가 쏜살처럼 문도희에게 다가왔다.

슝!

누가 봐도 문도희의 면전을 노리고 있는 붉은 창.

마치 포로는 하나면 족하다는 듯 이번에 날아오는 창은 문도희의 미간을 노리고 있었다.

문도희는 눈을 동그랗게 떴다.

지금은 어떤 방법으로도 피할 수 없었다.

'하나, 둘⋯⋯.'

계획이 있어서 숫자를 세는 것은 아니었다.

마치 잠을 자기 전 숫자를 세듯 아무 생각 없이 숫자를 세었다.

어찌 보면 이 숫자는 세상을 하직하기 전까지 남은 시간일지도 몰랐다.

숫자를 세는 이유는 간단했다.

이렇게라도 안 하면 자신이 도움을 요청할 것 같아서였다.

아무리 깡이 좋은 무인이라도 어찌 생에 미련이 없을 수 있을까?

자신이 뒤를 돌아본다면?

다른 독인들이 달려들 것이 분명했다.

그리되면 결과는 불 보듯 뻔했다.

지금 백독전 주변에는 그녀보다 경지가 낮은 독인들이 대부분 아니던가?

그들도 거미줄에 걸린 파리처럼 그녀와 같은 운명을 맞을 것이다.

문도희는 숫자를 세는 것도 그만두었다.

그냥 죽음을 받아들이기로 한 것이다.

죽음을 앞두면 시간이 느려진다고 했던가?

미간으로 날아오는 창이 느리게만 보였다.

붉은 창이 문도희의 미간을 꿰뚫기 바로 직전이었다.

깡!

그녀의 귓가에 강철이 튕기는 소리가 들려왔다.

문도희는 자신의 얼굴을 만져 봤다.

자신의 심장은 강철이 아니었다.

그녀의 가슴에는 어떤 상처도 없었다.

문도희는 그제야 눈을 크게 떴다. 앞쪽에는 붉은 무복의 사내가 검을 털어 내고 있었다.

휙!

그가 검을 털어 내자 검신에서 떨어져 나온 핏물이 바닥을 적셨다.

그 핏물의 정체가 바로 붉은색 안개라는 것은 너무도 당연했다.

창이 되어 날아온 것도 붉은 안개.

그녀의 몸을 옥죄고 있는 것도 붉은 안개의 기운이었다.

바닥에 흩어진 붉은 흔적에서는 진한 혈향이 배어 나왔다.

순간, 문도희는 입을 벌렸다.

그제야 자신의 몸이 움직이는 것을 깨달은 것이다.

그때였다.

앞쪽에서 귀에 익은 목소리가 들려왔다.

"문 대협, 백 문주님을 모시고 자리로 돌아가시죠."

"아, 알겠어요. 팽 공자."

그녀의 대답은 빨랐다.

문도희는 재빨리 백주천을 부축해서 자신의 진영 안으로 들어갔다.

그러면서도 뒤를 확인하는 것을 잊지 않았다.

뒤쪽에선 한빈이 붉은 안개와 마주하고 있었다.

한빈은 뒤쪽의 시선에 아랑곳하지 않고 붉은 안개를 바라봤다.

물론 한빈이 바라보고 있는 것은 붉은 안개가 아니라 뒤쪽에 있는 혈후였다.

"이제 그만 나오시지."

"또 네놈이구나."

안개 속에서 요염한 목소리가 튀어나왔다.

그 전에 백주천을 위협하던 그런 목소리가 아니었다.

한빈이 웃었다.

"한 번 봤다고 목소리가 다정하네, 누님."

"요망한 것! 어디서 감히 누님이라고 하는 것이냐?"

"혈후한테 요망하다는 소리를 듣는 걸 보면 나도 많이 컸나 봐."

"네놈의 정체는 대체 무엇이냐?"

"지난번에도 말했지만, 비밀이야."

"하북팽가의 막내는 아니라는 말이군. 내 생각대로구나. 하북팽가의 떨거지들이 이런 무공을 지니고 있을 수는 없지……. 혹시 다른 선주가 보낸 방해꾼이냐?"

혈후의 목소리에 한빈의 눈이 반짝였다.

이건 어찌 보면 호재였다.

백경을 상대하면서 가장 걸렸던 것이, 자칫하면 가문과 지인들이 자신의 약점이 될 수 있다는 점이었다.

그런데 이런 오해를 알아서 해 주다니!

혈후에게 고마운 마음까지 들 정도였다.

혈후의 오해는 한빈에게 날개를 달아 준 격이었다.

한빈이 하북팽가의 사람이라고 밝혀도 혈후는 믿지 않을

것이다.

진실을 말해도 거짓이라 믿을 것이 뻔하다는 이야기였다.

그 오해는 혈후 하나만으로 끝나지 않을 가능성이 컸다.

혈후는 백경의 사람.

그렇다면 그 정보는 다른 백경의 수뇌부와 연결될 수 있었다.

백경과의 대결에서 마구 날뛸 수 있는 편안한 판을 만들어 준 것이나 다름없었다.

한빈은 표정의 변화 없이 혈후를 바라봤다.

물론 상대가 보기에는 얄미운 표정이었다.

잠시 눈싸움을 하던 한빈이 말했다.

"방해꾼은 아니고 난 백경의 선주가 될 사람이야."

"선주라……. 지난번에도 느꼈지만, 너무 많은 것을 알고 있군. 대체 어디까지 아는 거지?"

"내가 말했잖아, 비밀이라고."

"호호. 말하는 것도 귀엽구나, 아이야."

"젊게 봐 줘서 고마워, 할멈."

"이놈이!"

순간 붉은 안개 속에서 혈후의 붉은 채찍이 튀어나왔다.

한빈은 지금의 초식을 알고 있었다.

지난번에도 봤던 혈수신공의 네 번째 초식인 혈편선수(血鞭仙手)였다.

혈후는 처음부터 본신의 전력을 드러내겠다는 것이 틀림 없었다.

호랑이가 먹잇감을 사냥할 때 처음부터 모든 힘을 쏟아붓는 것과 같은 이치일까?

문제는 한빈이 토끼가 아니라는 점이다.

붉은 채찍이 한빈이 있던 자리를 파고들었다.

팡!

하지만 한빈은 그 자리에 없었다.

사사 삭.

낙엽 밟는 소리만 남기고 사라진 한빈.

사라진 한빈이 붉은 안개의 옆쪽으로 다가섰다.

동시에 붉은 안개 속으로 들어갔다.

정확히 말하면 화살처럼 몸을 날렸다.

'일촉즉발!'

검신의 끝에 일렁이는 푸른 검기.

한빈과 하나가 된 월아가 혈후의 미간을 노리듯 달려들었다.

혈후가 빙긋 미소를 지었다.

붉은 안개가 모여들어 거미줄처럼 앞을 막아선다.

한빈이 미소를 지었다.

'성동격서.'

월아가 흔적도 없이 사라지더니 기묘한 방향에서 나타났다.

거미줄의 틈을 노린 신의 한 수.

이것은 이 할의 확률로 공격을 적중시킬 수 있는 성동격서의 효용이었다.

월아가 거미줄의 빈틈을 파고들었을 때였다.

갑자기·그 틈 사이에서 붉은 채찍이 튀어나왔다.

캉!

강철이 부딪히는 소리가 사방에 울렸다.

공간을 가르는 파공성 때문인지 주변의 낙엽이 한빈과 혈후를 중심으로 흩어졌다.

둥근 원을 그리며 주변으로 퍼져 나간 격돌의 흔적.

다시 소리는 들리지 않았다.

한빈과 혈후는 첫 번째 격돌 이후 간격을 벌렸기 때문이다.

멀쩡한 혈후에 반해, 한빈의 무복은 단 한 번의 격돌로 넝마가 되어 버렸다.

어찌 보면 당연한 것이, 혈후가 만들어 낸 붉은 안개는 조그만 알갱이 하나하나가 모두 암기나 마찬가지였다.

거기에 더해 붉은 안개가 만들어 내는 독 기운은 화경의 고수라도 꺼림칙할 수밖에 없는 법.

한빈만은 예외였다.

이 공간에서 숨을 쉬고 혈후와 마주할 수 있는 것은 오직 한빈뿐이었다.

모든 것은 심화편 '복(復)'의 구결 덕분이다.

작은 상처 정도는 모두 복의 구결로 회복하고 있다.

혈후에게 한빈은 천적과 같은 존재였다.

혈후가 간격을 벌리고 한빈에게 더는 공격을 퍼붓지 않는 것도 이와 같은 이치였다.

그녀와의 대결에서 살아남은 무림 고수는 없었다.

물론 살려 보낼 때도 있었다.

이것은 실수가 아니었다. 적에게 더 큰 공포감을 심어 주기 위해서였다.

그녀는 상대의 두려움으로부터 더 큰 힘을 얻을 수 있었다.

혈수신공이라는 무공 자체가 상대의 두려움이 커질수록 효과를 더해 가는 능력이 있었다.

붉은색과 대비되는 백색의 무복 또한 두려움을 더하기 위한 수법이었다.

그녀의 공포감을 심어 주려는 의도는 이곳 백독문에서도 어느 정도 성공했다.

모두는 이 격돌을 똑똑히 볼 수 있었다.

혈후가 붉은 안개를 거둬들인 덕분에 모두는 둘의 대결을 볼 수 있었다.

간격을 벌리고 서로를 바라보는 한빈과 혈후.

독인들에게는 한빈보다 혈후의 모습이 눈에 들어왔다.

달빛조차 희미한 밤인데, 그 존재감 때문인지 그들은 대낮처럼 똑똑히 보이는 것 같았다.

특히 백색 무복에 붉은 피를 두른 그녀의 모습은 강호에서 냉혈인이라고 소문난 적혈문의 독인들조차 두려움에 떨게 만들었다.

그것도 잠시, 그들의 시선이 한빈에게 향했다.

정확히는 한빈의 표정에 모두의 시선이 고정되었다.

한빈의 얼굴에는 그 어떤 두려움도 없었다.

도리어 웃음 짓고 있었다.

누군가가 낮은 목소리로 말했다.

"정말 저 괴물이랑 대등하게 싸우고 있어."

"아니, 저 꼴을 봐. 저게 어떻게 대등하게 싸우는 거야?"

그의 말대로 멀쩡한 혈후의 모습에 비해 한빈의 무복은 걸레처럼 변해 있었다.

그때 독인이 한빈을 가리켰다.

"저 표정을 잘 보라고. 아직 여유가 있잖아."

"그러고 보니…… 왜 입맛을 다시는 거지?"

그의 말은 사실이었다.

그들이 바라보고 있는 하북팽가의 사 공자의 모습은 묘했다.

넝마가 된 무복과는 다르게 표정은 여유로웠으며, 도리어 입맛까지 다시고 있었다.

그것은 먹잇감이 아닌 포식자의 표정이었다.

그때 뒤에서 다른 독인이 말했다.

"쉿, 우리 목소리가 방해되겠어."

그들의 대화는 이내 끊겼다.

거기에 더해 숨소리조차 조심했다.

그들의 작은 소리가 한빈에게 해를 끼칠까 걱정해서였다.

한마디로 '숨을 죽인다'라는 표현이 적절했다.

숨도 제대로 쉬지 못하는 그들의 혈투.

그것은 묘하게도 그들의 심장을 뛰게 만들었다.

어떤 독인은 호승심이 뛰쳐나가려 움찔거렸지만, 문도희와 백주천의 제지로 멈춰 서야 했다.

지금은 호승심보다는 냉철한 판단이 먼저라는 것을 대부분의 독인들은 알고 있었다.

그들의 뜨거운 시선에도 아랑곳하지 않고 한빈은 혈후를 노려봤다.

한빈의 시선에 담겨 있는 감정은 절대로 적대감이 아니었다.

약간은 뜨거워 보이기까지 하는 눈빛.

갈증을 느끼는 듯한 입술.

누가 봐도 적을 앞에 둔 무인의 모습이 아니었다.

혈후도 그런 한빈의 시선을 느꼈다.

그녀는 불쾌한 표정을 감추지 못했다.

"지금 그 표정은 무슨 뜻이지?"

"나보고 물어본 거야? 할망구!"

"흠, 그래. 이곳에 너 아니면 내가 물어볼 사람이 어디 있더냐?"

"내 표정이 그렇게 이상했나?"

"동경이라도 갖다줘야 인정하겠느냐?"

"그딴 건 필요 없어. 내 표정은 본능이니까."

한빈이 씩 웃었다.

이건 진심이 맞았다. 한빈이 혈후를 의미심장한 눈빛으로 본 것은 다시 나타난 천급 구결의 흔적 때문이었다.

어차피 내야 할 승부였다.

이왕이면 구결이라도 하나 주워 가는 것이 좋지 않은가?

'하나, 둘······.'

한빈은 혈후의 몸에 나타난 구결을 살폈다.

구결의 흔적은 항상 변화가 있었다.

지금 보인다고 해도 계속 남아 있으리라는 보장은 없었다.

그보다 더 중요한 것은 바로 이 싸움에서 이기는 것이다.

한빈은 강호의 오랜 속담 하나를 떠올렸다.

그것은 육참골단(肉斬骨斷). 즉, 살을 내주고 상대방의 뼈를 자른다는 말이다. 말 그대로 작은 손실을 보는 대신 큰 승리를 거둔다는 뜻.

한빈에게 이 속담은 무의미했다.

지금의 목표는 상대의 뼈를 때리고 살을 취하는 것.

이 싸움에서 이기고 구결도 획득하는 것이 한빈의 목표였다.

성공을 위해서는 미끼를 조금 더 빨리 쓸 필요가 있었다.

한빈은 한 걸음 더 뒤로 물러났다.

사삭.

한 걸음조차 은밀하게 움직이는 한빈.

그 모습에 혈후가 고개를 갸웃했다.

"왜 꽁무니를 빼려는 것이냐?"

"잠시 대화를 할까 해서 그래."

"대화라?"

"대체 적을 눈앞에 두고 어디를 다녀온 거지?"

"늙은 중놈 하나를 만나러 다녀왔다. 그런데 자리에 없더군."

"중놈이라면 혹시……. 아니, 됐어. 궁금하지도 않아."

말을 마친 한빈이 손가락을 튕겼다.

딱!

그 소리에 혈후의 고개가 더욱 기울어졌다.

"지금 뭐 하는 짓이지?"

"지원군을 불러 봤어."

"지원군이라……. 재미있는 아이야. 재미있어, 호호."

혈후가 간드러지게 웃었다.

한빈은 그녀의 웃음이 진심이라는 것을 알고 있었다.

혈후의 무공은 대다수를 무력화시킬 수 있다.

그녀의 무공이 무서운 것은 적을 자신의 방패로 삼는다는 점이었다.

지원군이 온다고 해도 혈후에게 유리할 뿐.

전쟁터에서 흔히 볼 수 있는 광경과 비슷했다.

유능한 장수는 적을 단칼에 죽이지 않는다.

대신 그들의 사지 근맥을 끊어 놓는다.

그렇게 되면 부상자는 적에게 짐이 된다.

혈후는 그런 의미에서 미소 짓는 것 같았다.

하지만 한빈이 말한 지원군의 의미는 조금 달랐다.

그때 마침 어디선가 금속의 마찰음이 들려왔다.

끼기긱, 끼기긱.

철판을 손톱으로 긁는 듯한 불쾌한 소리에 혈후가 고개를 돌렸다.

그곳에는 백독전의 문이 있었다.

한빈은 아무렇지 않게 월아로 그 문을 가리켰다.

백독전을 막고 있던 철판 중 하나가 올라오고 있는 것이다.

철판이 끝까지 올라왔다.

철컹.

이제는 백독전 내부를 볼 수 있었다.

하지만 백독전과 외부는 단절되어 있다고 봐야 했다.

백독전의 중앙을 가로막고 있었던 그물 모양의 창살이 그곳에도 있었다.

순간 혈후의 표정이 바뀌었다.

백독전의 안을 보더니 악귀처럼 변한 혈후.

"지금 저게……."

"내가 포로를 잡고 있단 뜻이지. 아니 정확히는 미끼라고 해야 할까?"

"미끼를 잡았다고?"

"그럼 아닌가?"

"수하들이야 다시 들이면 되는 것이고, 강호에 널린 게 자질 좋은 인재들인데, 저걸로 날 낚겠다고?"

"그럼 죽여도 괜찮은 거지?"

"네가 내 앞에서 저들을 죽이겠다고? 오만하군."

"언제 내가 죽인다고 했어?"

말을 마친 한빈은 다시 손가락을 튕겼다.

딱!

동시에 어디선가 물소리가 들려왔다.

조르륵.

한빈이 말을 이었다.

"마치 질 좋은 술잔에 명주를 따르는 소리 같지 않아? 뭐, 내 말이 틀린 말도 아니니 잘 봐 둬."

"지금 무슨 짓을 하는 게냐?"

혈후가 눈을 가늘게 뜨자, 한빈이 다시 백독전을 가리켰다.

백독전 내부에서는 이상한 일이 벌어지고 있었다.

천장에서 끈적끈적한 액체가 비 오듯 떨어지고 있었다.

갑작스러운 상황에 안쪽에서는 비명이 울려 퍼졌다.

"이, 이게 뭐야!"

"다들 피하라!"

그때 누군가가 외쳤다.

"이건 기름이다!"

그 외침을 듣고 있던 한빈이 기분 좋게 말을 이었다.

"누군가 내 대신 정답을 맞혔군."

"기름을 왜 저기에……."

"지금 자세히 봐, 독인들이 뭘 들고 있는지."

"……."

혈후는 아무 말도 하지 못했다.

독인들은 오른손에는 병장기, 왼손에는 횃불을 들고 있었다.

그녀는 한빈이 말한 바를 알 것 같았다.

이것은 수하들을 태워 죽이겠다는 협박이었다.

혈후의 표정이 더욱 일그러졌다.

"대체 네놈의 정체가 무엇이냐? 정파의 떨거지가 아닌 것만은 확실하구나."

"그 말 왜 기분 나쁘지? 꼭 이러면 내가 악당 같잖아. 사람 목숨을 가지고 노는 건 그쪽인데!"

한빈은 설전을 벌이며 혈후의 표정을 살폈다.

그렇게 탐색전을 이어 나가는 한빈. 그의 입꼬리는 서서히 올라가기 시작했다.

그에 반해 상황을 바라보던 백주천은 당황스러운 표정을 감추지 못했다.

한빈의 계획이 성공하려면 한 가지 조건이 선행되어야 한다.

바로 혈후가 자신의 수하를 아껴야 한다는 것.

하지만 아무리 봐도 혈후는 수하를 아낄 인물이 아니었다.

한빈이 시키는 대로 백독전의 기관 장치를 가동했지만, 공염불이 될 가능성이 컸다.

그때 백주천의 눈이 커졌다.

한빈이 빠르게 혈후를 향해 돌진했기 때문이다.

한빈의 그 모습에 백주천의 눈이 커졌다.

말과 행동이 너무 달랐기 때문이다.

한빈은 백독전 안에 갇힌 원숭이 가면의 무사들을 들먹이며 혈후를 위협했다.

그렇다면 그 위협으로 원하는 바를 얻어 내야 정상이었다.

하지만 한빈은 자신이 뱉은 말과는 다르게 대화하다 말고 갑자기 혈후에게 달려들었다.

이렇게 달려들 것이면 계획이 왜 필요했단 말인가?

하다못해 머리를 쥐어짜 내어 잡아 놓은 포로도 필요 없었다.

차라리 포로를 다 죽이고 백독문을 빠져나가는 것이 더 효과적인 방법이었을 수도 있었다.

이것은 백주천만의 생각이 아니었다.

문도희나 적혈문주 등 모든 독인이 입을 벌렸다.

독인들의 시선은 아랑곳하지 않고 한빈은 속도를 높였다.

한빈은 아무런 망설임 없이 혈후의 품 안으로 달려들었다.

그 모습을 보자 혈후의 손에 든 채찍이 더욱 진한 붉은색으로 변했다.

거대한 두 기세가 점점 거리를 좁혀 갔다.

혈후의 채찍을 본 한빈은 눈을 가늘게 떴다.

한빈은 무작정 달려드는 것이 아니었다.

혈후와 자신의 사이에 가상의 바둑판을 그려 놓고 움직이고 있었다.

한빈의 모든 동작은 계획에 따른 것이었다.

"넷, 셋, 둘……."

숫자를 세던 한빈은 품속에서 검은 원통 하나를 꺼냈다.

한빈은 혈후와 격돌하기 전 세던 숫자를 멈췄다.

동시에 용린검법의 초식을 떠올렸다.

'백발백중!'

휙.

한빈의 손에 있던 원통이 파공성을 내며 날아갔다.

혈후는 반사적으로 채찍을 앞으로 뻗었다.

파팍!

혈후의 시선이 한빈의 손으로 향했다.

한빈이 던진 암기는 어디에도 없었다.

분명 중간에 채찍에 걸렸어야 할 암기가 어디에도 없었다.

이상한 것은 살기조차 느껴지지 않는다는 점이다.

안광을 빛내던 혈후가 손을 멈췄다.

동시에 붉은 채찍도 허공에 그대로 멈췄다.

한빈이 날린 암기는 혈후가 아닌 백독전을 향해 날아가고 있었다.

그때였다.

암기에 불이 붙었다.

화르륵.

암기는 불꽃 덩어리로 변했다.

백독전을 향해 날아가는 한 줄기 불꽃.

혈후의 표정이 뒤틀렸다.

동시에 혈후가 붉은 기세를 피워 내며 백독전으로 방향을 틀었다.

파파박.

또 다른 한 줄기의 붉은 선이 백독전을 향해 날아갔다.

혈후의 보법이 만들어 낸 잔상이었다.

그 붉은 선 옆에 나란히 적색 선 하나가 더 그려졌다.

한빈의 적색 무복이 만들어 낸 잔상이었다.

세인들의 눈으로는 좇기 힘든 속도라는 말이었다.

백독전을 향해서 달려드는 혈후의 옆에 한빈이 붙었다.

한빈의 월아가 혈후의 옆구리를 찔러들어 갔다.

피슉!

혈후가 몸을 뒤트는 동시에 한빈의 월아를 피했다.

월아를 피한 혈후는 반격하지 않았다.

백독전을 향한 불꽃만을 쫓을 뿐이었다.

파박.

그때였다.

다시 한빈의 월아가 혈후의 빈틈을 비집고 들어왔다.

이전과 마찬가지로 혈후는 아무렇지 않게 쳐 냈다.

휙!

그때였다.

한빈의 왼 주먹이 파고들었다.

퍽!

한빈의 권격이 혈후의 어깨에 적중했다.

하지만 혈후는 반격을 포기한 듯 속도를 높였다.

그녀는 가까스로 불꽃 덩어리를 따라잡았다.

휙!

불꽃 덩어리를 낚아챈 혈후는 진기를 피워 냈다.

불꽃은 바로 사라졌다.

사르륵.

손에 진기를 모아 진공 상태로 만들어 불꽃을 꺼뜨린 것.

그녀는 대로한 표정으로 한빈을 바라봤다.

한빈은 아무렇지 않게 어딘가로 고개를 돌렸다.

남들이 보기에는 혈후를 무시하는 모습.

그 모습에 혈후가 이를 부득 갈았다.

"네 이놈!"

"잠시만."

한빈이 손바닥을 보이며 계속해서 어딘가를 바라봤다.

묘하게도 혈후는 더 이상 덤비지 않았다.

조용히 한빈의 다음 말을 기다릴 뿐이었다.

지금의 모습을 구경하던 백주천이 눈을 크게 떴다.

아무리 생각해도 뭐가 뭔지 알 수 없었다.

한빈이 백독전 안에 인질을 볼모로 혈후를 잡아 놓고 있다는 것은 대충 알 것 같았다.

하지만 왜 그 인질이 혈후의 약점이 되는지는 아무리 생각해도 알 수 없었다.

수하야 새로 뽑으면 그만이라는 것이 백경의 생각임을 백주천은 알고 있었다.

수하라고는 하지만, 사실 그들은 부품에 불과했다.

백주천이 조용히 고개를 돌려 옆에 있는 청화를 바라봤다.

연신 고개를 끄덕이고 있는 것이 뭔가 아는 것 같았다.

백주천이 조심스럽게 말했다.

"지금 무슨 일이 벌어진 건지 알고 있으면 말해 주려무나."

"지금 우리 공자님이 이긴 거잖아요."

"그게 문제가 아니라, 대체 백독전 안에 잡아 둔 저들이 왜 혈후의 약점이 되느냐 하는 걸 물어본 것이다."

"아, 그거요. 우리 공자님이 말씀하셨어요."

"뭐라고 했느냐?"

"비밀이라고 하셨어요."

"흠, 그렇구나."

백주천이 침음을 삼켰다.

그는 다시 시선을 돌려 한빈을 바라봤다.

한빈은 눈앞에 있는 적을 무시하고 아무렇지 않게 눈을 반짝이고 있었다.

누가 봐도 혈후를 무시하는 모습이 분명했다.

백주천은 이것도 격장지계의 수법이라고 생각했다.

물론 한빈은 격장지계를 위해서 고개를 돌린 것이 아니었다.

모두의 뜨거운 시선에도 아랑곳하지 않고 한빈은 용린검

법에 집중하고 있었다.

[용안으로 구결을 확인합니다.]
[천급 구결 원(源)을 획득하셨습니다.]

글귀를 확인한 한빈은 남아 있는 구결을 살펴봤다.

[천급 - 원(源)]
[알 수 없는 구결 : 사(四)]

현재까지 모은 천급 초식은 일곱 개.
이제 여덟 번째 천급 초식의 첫발을 디뎠다.
한빈은 자신도 모르게 미소 지었다.
"옛 성현이 그러셨지, 배움만 한 즐거움은 없다고."
한빈의 뜻 모를 말에 혈후가 이를 갈았다.
"무슨 뜻이더냐?"
"아무것도 아니야. 그냥 그렇다고…….."
"인질을 이용해서 날 협박하겠다는 심산이 언제까지 먹힐
듯싶으냐?"
"아마, 이번은 먹히겠지."
"과연 뜻대로 될까?"
"일단 이거부터 확인하지."

한빈이 품속에서 원통 하나를 꺼내서 던졌다.

'백발백중.'

아무렇게나 던진 것 같은 원통이 혈후의 손을 향해서 들어갔다.

혈후도 손을 뻗어 원통을 잡았다.

처음에는 원통을 경계하던 혈후가 뚜껑을 열었다.

그곳에는 쪽지가 말려 있었다.

혈후는 조심스럽게 쪽지를 폈다.

쪽지에는 단 한 글자만이 적혀 있었다.

자(子)

순간 혈후의 눈빛이 떨렸다.

혈후는 내기를 일으켜 곧바로 쪽지를 태웠다.

화르륵.

그 불꽃보다 더 진한 살기가 그녀의 눈에 일었다.

혈후가 혈편을 앞으로 뻗었다.

슝!

화살처럼 날아오는 혈편을 한빈이 피했다.

동시에 다시 원통을 꺼냈다.

한빈은 그 원통을 백독전을 향해서 던졌다.

휙!

날아가던 원통에 다시 불이 붙었다.

화륵.

원통은 살아 있는 것처럼 꿈틀거리며 백독전을 향해서 날아갔다.

다시 원통을 잡기 위해 달려드는 혈후.

한빈은 혈후와 보폭을 맞췄다.

그러고는 다시 검을 날렸다.

혈후는 이번에는 양보 못 하겠다는 듯 힘으로 받아쳤다.

우우웅.

혈후가 쥐고 있던 채찍이 공명하며 떨린다.

동시에 채찍은 수십 가닥의 강기가 되어 한빈을 덮쳤다.

아무래도 혈수신공의 마지막 초식인 것 같았다.

갈라진 채찍은 하늘을 덮었다.

짧은 기간에 한빈의 목숨을 취하고 원통을 막겠다는 혈후의 의지가 보이는 한 수였다.

한빈은 기다렸다는 듯 용린검법의 초식을 떠올렸다.

'역지사지.'

하루에 한 번 쓸 수 있지만, 적의 오의에 대항할 초식으로는 이보다 좋은 수법은 없었다.

역지사지는 적의 공격을 네 배로 갚아 준다.

거기에 상대의 초식까지 분석할 수 있는 회심의 수법이었다.

순간 용린의 푸른 기운과 혈후의 붉은 기운이 허공에서 충돌했다.

푸른 기운과 붉은 기운은 거대한 원을 만들어 냈다.

마치 돌고 도는 태극이 만들어진 모양새.

팡!

허공에서 충돌한 기운이 사방으로 터져 나갔다.

동시에 한빈의 무복이 완전히 찢겨 나갔다.

상체에는 천 조각 하나 남지 않은 상태.

여기저기 긁힌 상처가 가득할 뿐이었다.

이번에는 혈후의 모습도 멀쩡하지 않았다.

한빈은 조용히 허공을 올려다봤다.

[혈수신공의 다섯 번째 초식 천변만화를 분석합니다.]

용린검법이 혈후의 무공을 분석하고 있었다.

사실, 역지사지는 진작에 쓰고 싶었다.

하지만 처음부터 쓸 수 없는 이유가 있었다.

역지사지는 이화접목의 수법이 맞았다. 하지만 상대의 공격을 온몸으로 받아 내야 한다는 단점이 있었다.

상대의 무공을 네 배의 위력으로 돌려준다 한들, 내가 죽으면 아무 소용이 없는 법이었다.

그래서 한빈은 혈후에 대한 분석이 끝난 후에야 이 수법을 쓴 것이다.

물론 지금은 그것이 중요한 것은 아니었다.

덕분에 천급 구결 하나를 더 획득했다는 게 중요했다.

[용안으로 구결을 확인합니다.]

[천급 구결 본(本)을 획득하셨습니다.]

[천급 - 원(源), 본(本)]

[……]

구결을 확인한 한빈은 혈후를 바라봤다.

한빈도 마지막 남겨 둔 한 수를 썼지만, 혈후도 마찬가지였다.

그녀의 백색 무복에 처음으로 붉은 핏물이 들었다.

분노에 가득 찬 눈으로 한빈을 바라보던 혈후가 눈을 크게 떴다.

그제야 백독전을 향해 날아가던 불꽃이 기억난 것이다.

불꽃은 벌써 백독전의 근처에 도착했다.

혈후가 몸을 날리려 할 때였다.

불꽃이 힘없이 바닥에 떨어졌다.

툭.

바닥에 떨어진 불꽃이 소리 없이 꺼졌다.

한빈이 아무렇지 않게 말했다.

"불발탄인가 보네."

"이제 너는 끝……."

"잠깐!"

"무슨 말을 하고 싶은 것이냐!"

분노한 혈후의 채찍이 다시 셀 수 없이 갈라졌다.

그 모습에 한빈이 피식 웃었다.

자신의 역지사지는 하루 한 번인데 혈후의 천변만화는 몇 번이고 반복해서 사용할 수 있는 모양이었다.

한빈은 천천히 혈후를 향해 걸어가며 말했다.

"누님, 일단 대화하자니까."

"대화라고? 네놈과 내가 대화를 한다고?"

혈후가 기가 막힌 듯 눈을 크게 떴다.

한빈이 혈후와 자신을 번갈아 가리켰다.

"일단 우리는 피를 나눈 사이잖아."

"피를 나눴다고?"

"이 정도로 격렬하게 뛰었으니 그쪽 몸에 내 피 한 방울 정도는 섞여 있을걸."

말을 마친 한빈은 월아를 털었다.

촤악.

어디서 묻었는지 모를 핏물이 허공에 흩어졌다.

한빈은 월아를 검집에 갈무리했다.

스륵.

그러고는 계속해서 혈후를 향해서 걸어갔다.

물론 한빈의 이런 모습은 다른 이들의 눈에는 미친 듯 보일 뿐이었다.

주변에 시선은 아랑곳하지 않고 한빈은 혈후의 코앞까지 가서 멈췄다.

혈후도 채찍을 움직이지는 않았다.

"무슨 말인지 해 봐라. 허튼소리를 한다면 내 혈편이 네 몸을 천 갈래 만 갈래 찢어 놓을 것이니 함부로 입을 놀리지 않기를 바란다."

"내가 아까 보낸 밀서 말이야."

"밀서?"

고개를 갸웃하던 혈후가 다시 노기를 띠었다.

아까 봤던 쪽지가 기억났기 때문이다.

그 모습에 한빈이 다시 말을 이었다.

"그 쪽지에 적힌 사실 말이야. 내가 죽는 순간 개방과 하오문을 통해서 전 중원에 퍼져 나갈 거야."

한빈의 목소리는 은밀했다.

어찌나 작게 속삭이는지 혈후 외에 다른 이들은 들을 수 없을 정도였다.

혈후가 물었다.

"어떻게 알았지?"

"내 코가 보통이 아니거든."

한빈이 자신의 코를 가리키자 혈후가 눈을 가늘게 떴다.

혈후의 눈빛이 더욱 깊어졌다.

아무리 생각해도 상대의 말이 이해되지 않았기 때문이다.

자(子)라는 한 글자만 봤을 때는 설마 했다.

하지만 개방과 하오문을 들먹인 것을 보면 자신의 약점을 정확히 알고 있는 것이 분명했다.

눈을 가늘게 뜨고 한빈을 바라보는 혈후.

그녀는 백경의 규칙을 떠올렸다.

백경의 선주는 신선이 될 자격이 있는 자에 한한다.

신선이 될 자격이 적힌 백경의 규칙 중에는 남자든 여자든 이성과의 사랑을 제한한다는 문구가 있다.

즉, 이성과 동침을 한 자는 신선이 될 자격이 없다는 이야기였다.

그녀는 오래전 강호를 떠도는 이름 모를 낭인 하나를 만났었다.

무위는 보잘것없지만, 돌봐 주고 싶은 사내였다.

그녀는 사내를 돌보는 사이에 사랑에 빠졌다.

그때 태어난 것이 바로 아성이었다.

그녀와 아성의 관계는 백경의 누구도 모르는 비밀이었다.

혈후는 아성을 낳고 백 일이 넘자 북해의 작은 부족에 넘겼다.

이후 아성이 다 자랐을 때 그 마을로 찾아가 아성을 제자로 들인 것이다.

그녀가 어미라는 것은 아성조차 모르는 사실.

이번 일을 상대가 알고 있다는 것이 가장 이해가 되지 않았다.

거기에 하오문과 개방까지 들먹이는 것을 보면 보통내기가 아니었다.

싸움에서는 용맹한 장수만큼이나 책사가 필요한 법.

상대는 장수가 아니라 책사에 가까웠다.

그것도 가장 비열한 책사.

그도 그럴 것이, 개방과 하오문을 통해서 소문을 퍼뜨리겠다는 것은 혈후의 약점을 중원 전역에 퍼뜨리겠다는 것과 같다.

언젠가는 백경 중 누군가의 귀에도 흘러들어 가게 될 것.

그렇다면 선주의 지위를 잃게 될 것은 뻔했다.

그런 사실을 미리 알고 '자'라는 한 글자가 적힌 쪽지로 도발하기까지 했다.

이 모든 것을 설계하고 함정을 판 것이니 비열한 책사라는 표현은 정확했다.

혈후가 한빈을 바라보는 판단은 이랬다.

하지만 이해가 안 되는 부분도 있었다.

아성과 자신의 관계를 냄새만으로 안다고?

있을 수 없는 일이었다.

영물이라면 그럴 수 있다지만, 상대는 엄연한 사람이었다.

혈후는 눈을 더욱 가늘게 떴다.

사람 탈을 쓴 구미호는 아닌지 의심이 되었다.

설사 상대가 구미호라고 해도 이 사실을 쉽게 인정해서는 안 되었다.

중요한 것은 그 사실을 어떻게 알았는가 하는 과정이었다.

혈후가 표정을 수습하며 아무렇지 않게 말을 이었다.

"그것만으로는 부족하군. 저 아이가 내 아들이 아니라 정인일 수도 있지 않나?"

"누님 이마에 있는 수궁사, 가짜잖습니까? 지난번에 보니 살짝 지워졌더라고요. 그러니까 항상 조심해야 합니다, 누님."

한빈의 말투가 살짝 변했다.

하지만 혈후는 변화를 알아채지 못했다.

그녀는 한빈의 말에 적잖게 당황하며 이마를 만졌다.

버들잎 모양의 기다란 문양 세 개가 찍혀 있었다.

한빈은 이마를 만지는 혈후의 모습을 더욱 유심히 바라봤다.

수궁사란, 여제자로만 구성된 소수 문파에서 쓰는 표식이었다.

보통은 팔에 새기는데 이마에 새기는 몇몇 문파가 북해와 남만에 있다고 들었다.

도마뱀과 앵무새의 피에 경면주사를 잘게 빻아 혼합한다.

그 후 백 일 동안 숙성시키면 수궁사를 찍을 염료가 만들어
진다.

그 염료로 몸에 수궁사를 새기고 나면 남자와 동침하기 이
전까지는 지워지지 않는다는 속설이 있다.

이마를 만지던 혈후의 눈이 한계까지 커졌다.

한빈의 말은 거짓이 아니었다.

수궁사가 살짝 지워져 있었다.

그 지워진 부위는 아주 미세했다.

동경으로도 확인 못 할 만큼의 차이였다.

혈후의 표정이 시시각각 변했다.

마치 찰나의 시간에 혈후의 얼굴 위에서 십 년의 시간이
지난 것만 같았다.

십 년이면 강산이 변한다는 속담처럼 말이다.

혈후가 표정을 수습하고 입을 열었다.

"얼굴 가죽 뒤에 노괴가 숨어 있었군. 내가 그걸 몰랐다
니……."

"노괴라니, 그게 무슨 말입니까? 누님."

"우리 문파의 수궁사를 아는 자들은 이미 오래전에 강호에
서 사라졌거늘……."

"그러니까 한 백 년 전쯤에 사라졌다는 얘기죠?"

"잘 아는구나."

"이번 건 그냥 찍었습니다."

한빈이 씩 웃었다.

우연인지는 몰라도 백 년 전이라는 기간이 귀에 익었다.

이번 일이 끝나면 백 년 전 일어난 일련의 사건들을 조사해 봐야 할 것 같았다.

한빈은 재빨리 표정을 감추었다.

저 수궁사를 알고 있는 이유는 정의맹의 비고부터 마교의 비고까지 모든 정보를 섭렵한 전생의 기억 때문이다.

거기에 더해 혈후와 아성이란 자의 관계를 추측할 수 있었던 것도 전생의 기억 덕분이다.

전생에 한빈은 혈후의 사건을 조사하던 중 한 사내를 만났었다.

사내는 제정신이 아닌 듯 눈이 풀려 있었으며 혈후가 자신의 어미라 했다.

당시에는 그저 미친 자로 치부했었다.

하지만 지금은 달랐다.

지의 구결 덕분에 전생의 대화 하나까지 똑똑히 기억났다.

당시에 미친 자로 치부하며 넘겼던 그 얼굴까지 말이다.

거기에 그 냄새까지 정확히 기억난 덕분에 중간에 계획을 변경할 수 있었다.

원래 계획대로라면 백독전에 혈후를 몰아넣을 생각이었다.

하지만 여러 변수로 인해 지금 이렇게 마주 보고 있는 것이다.

한빈은 조용히 용린검법의 심화편을 살폈다.

아직도 지의 구결은 한계까지 차 있었다.

모두 새로 얻은 대기만성이란 천급 초식 덕분이다.

만약에 천급 초식인 대기만성을 얻지 못했다면?

아마도 죽기 아니면 까무러치기로 상대와 싸우든지, 혹은 백독문을 포기하고 줄행랑을 쳐야 했을지도 몰랐다.

이제 상대의 살을 발라야 할 차례였다.

빙긋 미소 지은 한빈은 품에서 조그만 원형 물체를 꺼냈다.

순간 혈후의 눈이 한계까지 커졌다.

"그, 그것은……."

"백륜이라는 물건이랍니다. 혹시 본 적이 있습니까? 누님."

"대체 네가 왜 그걸 가지고 있는 거지?"

"지금은 내가 백륜의 주인이니까."

"대단하구나! 대단해! 백룡의 쥐새끼들에게 백륜을 빼앗았다니 말이다."

"뺏은 건 맞지만, 그렇게 흥분할 것까지는……."

"내가 백룡의 쥐새끼들을 몰아넣은 줄 알았는데, 날 쫓고 있던 늑대가 있었다니……. 이것 참 재미있어!"

혈후가 어이없다는 표정으로 한빈을 바라봤다.

한빈은 어깨를 으쓱했다.

혈후가 무엇을 오해하고 있는지에 대해서는 대충 알 것 같았다.

혈후는 한빈이 백룡의 고수를 죽이고 백륜을 탈취한 것이라고 생각하고 있었다.

그리고 백룡의 고수를 노리던 혈후 자신을 한빈이 쫓고 있었다고 착각하는 모양이었다.

한빈은 혈후의 오해를 그냥 두기로 했다.

고수들끼리의 생사결에서 승부를 가르는 것은?

종이 한 장 차이!

이것은 강호의 오래된 속담이었다.

정보의 불균형도 그 종이 한 장에 속할 것이 분명하다.

혈후의 수궁사와 눈썹이 하염없이 흔들린다.

마치 가을바람을 맞는 갈대 같다.

한빈이 백륜을 내밀었다.

"자, 여기 받으시죠. 누님."

"이걸 왜 내게…… 그리고 갑자기 왜 누님이라 부르는 것이지?"

혈후는 바뀐 호칭에 대해서 이제야 눈치챈 것 같았다.

호칭과 더불어 백륜을 내미는 한빈의 모습에 당황한 듯했다.

"차분히 대화할 때와 쌈질할 때 호칭이 어찌 같을 수 있습니까? 누님."

"흠, 그래. 그렇다 치자. 그런데 이건 무슨 뜻이지?"

혈후의 어투도 바뀌었다.

이전에는 완벽한 하대를 했다면, 지금은 한빈을 어느 정도 인정하는 듯한 말투였다.

"저를 인정해 주시죠."

"인정하다니……."

"백륜에 저를 추천해 주란 말입니다."

"흠, 그게 무슨 뜻이냐?"

다시 말투가 변하는 혈후.

그녀는 금시초문이라는 듯 한빈을 바라봤다.

한빈은 진득한 미소를 피워 내며 말을 이었다.

"백륜의 사용법에 대해서는 이미 알고 있습니다."

"후후, 아무리 생각해도 재미있어……."

"아마 지금 고민하고 계시겠죠. 제가 준 백륜을 가지고 튀느냐 마느냐를요."

"흠."

혈후가 다시 침음을 삼키며 매섭게 한빈을 노려봤다.

"제가 아까 던진 불꽃이 우연히 꺼진 거라고 보십니까?"

"우연히 꺼진 게 아니라고?"

"그 불꽃은 어차피 백독전에 도달하기 전에 꺼질 불꽃이었습니다. 제가 왜 그랬을까요?"

"……."

"저는 당신과 아성의 관계를 시험해 보고 싶었습니다. 저는 아무 관련도 없는 자를 태워 죽일 만큼 악당은 아닙니다."

"네가 악당이 아니라고?"

"네, 그렇습니다. 하지만 제 협상에 걸림돌이 될 자는 언제든지!"

한빈은 말을 끊고 손가락을 튕겼다.

딱!

혈후는 다시 채찍을 한빈 쪽으로 향하며 경계했다.

하지만 아무런 변화도 없었다.

그때 한빈이 아무 말 없이 어딘가를 가리켰다.

한빈이 손가락으로 네모를 그렸다.

혈후의 시선이 한빈의 손가락을 따라 움직였다.

순간 혈후의 눈이 커졌다.

한빈이 가리킨 곳은 다름 아닌 백독전의 주변이었다.

백독전의 외부를 독인들이 둘러싸고 있었다.

횃불을 오른손으로 옮겨 든 채.

그들은 언제라도 백독전에 횃불을 던질 준비가 되어 있다는 듯 오른손에 힘을 주고 있었다.

멀리서 봐도 그들의 오른손에 돋아난 힘줄이 눈에 띄었다.

한빈이 다시 말을 이었다.

"어떻게 하시겠습니까?"

"뭘 어쩌라는 말이지?"

"우리의 목숨과 아성의 목숨을 바꾸시겠습니까? 아니면 철전 한 닢 가치도 안 되는 백륜의 한 귀퉁이에 서명을 하시겠습니까?"

"철전 한 닢도 안 된다니, 말도 안 되는 소릴⋯⋯."

"선주 중 한 명의 서명이라도 없는 백륜은 무용지물이니까요. 이제 제게 도움을 주시겠습니까?"

"싫다면?"

"저 독인들은 아마도 가차 없이 횃불을 백독전에 넣을 겁니다. 아무리 당신이라도 그건 못 막겠죠. 아마 제천대성이 현신한다고 해도 못 막을 겁니다."

"이렇게까지 하는 이유가 뭐지?"

"누군가 뒤통수를 때리면 당신은 가만히 있겠습니까?"

"그게 나인가?"

"아니, 백이라는 자입니다."

"음, 백까지 아는군."

혈후가 표정을 굳히자 한빈이 빙긋 웃었다.

"제가 알려 해서 안 것이 아니라 그자가 먼저 다가왔습니다."

"네 뒤통수를 친 자에 나도 포함되는가?"

"우리가 언제 서로 등을 보인 적이 있습니까? 정면을 보고 미친개처럼 달려들었죠."

"그 미친개에서 나는 빼 주지."

"뭐, 사냥개 정도로 해 드리겠습니다. 어떻게 하시겠습니까?"

"수많은 강호인이 내 손 아래에 쓰러졌지……."

혈후가 말끝을 흐리며 어딘가를 바라봤다.

그것은 형체도 희미한 그믐달이었다.

"그래서 저도 쓰러뜨릴 예정입니까? 참, 아니지. 중원 말은 끝까지 들어 봐야 한다는 속담이 있으니 마저 경청하겠습니다."

"그런 속담이 있었던가? 어쨌든 중요한 건 내가 쓰러뜨린 놈 중 미친개는 없다는 것이지."

말을 마친 혈후가 백륜을 다시 한빈에게 던졌다.

휙.

한빈이 조심스럽게 백륜을 살폈다.

하얀색 백륜의 한쪽이 붉은색으로 물들어 있었다.

혈후의 피였다.

혈후가 서명을 한 것이다.

한빈은 혈후와의 대화가 이렇게 빨리 마무리될 줄은 몰랐다.

백륜을 바라보던 한빈은 일단 백륜의 한구석에 검지를 갖다 댔다.

그 구석에는 뾰족한 침이 나와 있었다.

핏방울이 살짝 한빈의 검지에 멍울졌다.

한빈은 혈후가 물들인 부분에 피를 떨어뜨렸다.

두 명의 피가 합쳐지자 붉은색은 더욱 진해졌다.

그것도 잠시, 점점 붉은색이 흐려지기 시작했다.

급기야는 붉은색이 자취를 감추었다.

이제는 완벽한 백색으로 변한 백륜.

여춘수에게 들은 백륜에 서명하는 방법이었다.

들을 때는 설마 했는데 직접 보고 나니 신기했다.

혈후에게 철전 한 닢짜리라고 했던 조금 전 말을 취소하고 싶을 지경이었다.

한빈이 빙긋 미소 지었다.

이제 백륜은 완벽하게 한빈의 것이 되었다.

이 백륜이 누구의 것이냐고 묻는다면, 언제든 혈후와 한빈 자신의 피로 증명할 수 있었다.

백륜은 백경과의 싸움에 있어서 명분이었다.

즉, 끝이 아닌 시작.

한빈은 아무렇지 않게 백륜을 품 안에 넣었다.

혈후가 손을 내밀었다.

물건을 달라는 뜻이었다.

한빈이 오른손을 높이 들었다.

그러고는 경쾌하게 손가락을 튕겼다.

내공은 실려 있지 않지만, 모두가 똑똑히 들을 수 있는 소리였다.

한빈이 보낸 신호에 백주천이 손을 들었다.

동시에 독인들이 일제히 백독전에서 물러났다.

백주천의 사제인 독호만이 백독전의 측면으로 다가갈 뿐이었다.

독호의 신형이 사라진 순간 백독전의 문이 열렸다.

드르륵.

거미줄 모양으로 얽히고설켰던 쇠창살이 사라졌다.

이제 외부와 백독전을 가로막는 장애물은 없었다.

백독전 안에는 혈후의 수하들이 멍하니 서 있었다.

그들을 막는 것은 아무것도 없었으나.

두려움이 그들의 발목을 잡고 있었다.

그도 그럴 것이, 산 채로 튀겨질 뻔한 경험을 가진 무인이 얼마나 있을까.

서로의 목에 검을 겨누다가 목이 떨어져 나가는 것과는 전혀 다른 상황이었다.

무인으로서의 명예로운 죽음이 아니라 이건 개죽음에 가까웠다.

그것도 최고로 수치스러운 경험이었다.

거기에 상상도 못 할 끔찍한 고통까지 동반할 것이 분명했다.

그들은 아직 두려움이 가득 차 있었다.

덕분에 문이 열렸어도 그것을 보지 못한 것이다.

원숭이 가면을 쓴 무사 중에는 오줌을 지린 자까지 있었다.

다만 바닥에 잔뜩 깔린 기름과 구분이 안 되어서 표시가 안 날 뿐이었다.

하지만 혈후가 눈치 못 챌 리 없었다.

그들을 바라본 혈후의 미간에 깊은 골이 파였다.

혈후와 시선이 마주친 아성이 그제야 정신을 차린 듯 외쳤다.

"모두 이곳에서 빠져나간다!"

백독전이 울릴 정도의 큰 목소리.

아성은 정신을 차리자 본연의 기세로 눈을 번쩍였다.

사자후 같은 외침에 원숭이 가면을 쓴 무사들도 하나둘 정신을 차렸다.

기름에 전 그들이 재빨리 백독전을 빠져나갔다.

전각을 빠져나온 그들은 바로 혈후 앞에 무릎 꿇었다.

가장 앞에는 아성이 있었다.

고개 숙인 아성이 침통한 목소리로 말했다.

"죄는 달게 받겠습니다."

"일어나거라."

혈후의 목소리에 모두가 일어났다.

모두를 일으킨 혈후는 조용히 고개를 돌렸다.

그곳에는 한빈이 있었다.

혈후가 한빈에게 걸어갔다.

저벅저벅.

가벼운 발소리였지만, 묘하게 귀기가 감돌았다.

다가오려던 독인들도 발길을 멈출 정도였다.

한빈에게 다가온 혈후가 다시 손을 내밀었다.

갑작스러운 혈후의 모습에 한빈이 고개를 갸웃했다.

"내어 드릴 것은 이미 다 내어 드렸습니다."

"자네가 불꽃을 낸 물건을 보고 싶은데, 가능하겠나?"

"왜 그러시죠?"

"확인해 보고 싶은 것이 있다."

"흠."

"후견인으로서 이 정도 부탁은 해도 된다고 생각한다."

"후견인이라 하셨습니까?"

"백륜에 대해서 다 들었다고 생각했는데…… 이건 모르고 있었구나?"

"그게 뭔지 말씀해 주시면, 물건을 내어 드리죠."

"자네는 나를 죽일 수 있지만, 나는 너를 죽일 수 없지. 이게 백륜에 내가 너를 추천한 값이야."

"흠."

한빈은 다시 한번 품속을 만졌다.

그곳에는 여전히 백륜이 있었다.

지금 혈후의 발언은 여춘수에게는 못 들었던 내용이었다.

그녀의 말대로라면 선주 중 백륜에 서명할 자는 아무도 없을 것이다.

한빈은 조용히 혈후의 눈을 바라봤다.

진의를 파악하기 위함이다.

그녀의 눈을 보니 위풍당당한 기세 사이로 한 줄기 절망이 얼핏 보인다.

아마도 그녀의 말은 사실인 것 같았다.

한빈은 품속을 뒤져 죽통 하나를 꺼냈다.

전서구에 매달 수 있을 정도로 조그만 물건이었다.

혈후는 그 물건을 받아 요리조리 살폈다.

"내공을 담아서 불을 붙였군."

"네, 그렇습니다."

한빈은 고개를 끄덕였다.

아직까지는 적이 맞았다.

하지만 이 정도는 가르쳐 줘도 된다고 생각했다.

혈후가 다시 물었다.

"혹시 저 전각 안의 기름은 진짜인가?"

"물론이죠."

"그럼 내 수하들이 죽을 수도 있었다는 얘기군."

"뭐, 저를 도와주시지 않았다면 말이죠."

"진짜인지 시험해 봐도 되겠나?"

질문을 던진 혈후는 죽통에 내공을 실었다.

그러고는 재빨리 백독전을 향해 던졌다.

혈후의 손을 떠난 죽통에 불이 붙었다.

화르륵.

불이 붙은 죽통은 백독전을 향해 일직선으로 날아갔다.

슝!

가장 놀란 것은 백주천이었다.

백주천은 눈을 크게 떴다.

백독전은 백독문의 상징적인 전각이었다.

중요한 것은 백독전의 아래에는 기름이 가득 차 있다는 점
이었다.

백주천은 속으로 저 불꽃이 중간에 꺼지기를 기원했다.

하지만 그의 바람과는 달리, 불꽃은 힘을 잃지 않고 백독
전 안으로 들어갔다.

순간 백주천이 모두에게 외쳤다.

"모두 피하시오!"

그 외침에 독인들이 재빨리 백독전 주변을 벗어났다.

쿠아앙!

내부에서 폭음이 들리는 동시에 전각이 타들어 갔다.

화륵!

불꽃이 얼마나 센지 눈 깜짝할 사이에 뼈대만 남았다.

거대한 철판과 위쪽, 아래쪽에 있는 기관 장치는 불에 타

지 않고 남아 있었다.

아직도 불은 꺼지지 않은 상태.

혈후가 다시 한빈을 바라봤다.

"진짜 기름이 맞군. 네놈이 불을 붙이겠다고 했던 것도 진심이고……. 그리고 넌 우리와 동류가 맞았고."

"……."

한빈은 고개를 갸웃했다.

지금 혈후가 백독전을 태운 것을 그저 화풀이로 생각하고 있었다.

그런데 묘한 단어 하나가 귀에 거슬렸다.

그것은 동류라는 단어였다.

혈후가 입꼬리를 올리며 말을 이었다.

"네가 투척에 쓴 초식 말이다. 강호의 무공이 아니었어. 누구에게 받은 무공이지?"

"뭐, 비밀입니다."

"그래, 그렇게 말할 줄 알았다."

혈후는 고개를 돌렸다.

조금 길게 이어질 줄 알았던 대화였다.

하지만 그녀는 칼로 무를 베듯 대화를 끊었다.

그러고는 표정을 바꾸었다.

그녀의 표정에는 비장함이 서려 있었다.

혈후가 바라보고 있는 곳에는 아성이 무릎을 꿇고 있었다.

저벅저벅.

혈후가 다시 귀기 어린 발소리를 내며 아성에게 다가갔다.

그녀는 아성의 앞에 팔짱을 끼고 있었다.

마치 전쟁에서 패배한 수하를 질책하는 장수의 모습이다.

그 기세는 제법 험악했다.

독인들이 옆에 타들어 가는 백독전은 신경도 쓰지 못할 정도였다.

잠시 동안 아성을 바라보던 혈후가 손을 뻗었다.

그녀는 눈 깜짝할 사이에 아성의 허리에 있는 검을 낚아챘다.

스륵!

검집은 그대로 두고 검만 뽑아, 검끝을 아성의 목에 디밀었다.

당장이라도 아성의 목을 검으로 내려칠 기세.

모두는 하나의 글귀를 떠올렸다.

읍참마속(泣斬馬謖).

제갈량이 마속의 목을 쳤듯 혈후도 아성의 목을 칠 것만 같았다.

그 모습은 한빈마저도 예상 못 했다.

지금 혈후가 저런 행동을 벌이는 이유는 단 한 가지였다.

한빈이 봤을 때 자신의 약점을 없애려는 것만 같았다.

혈후가 검을 들었다.

눈 한 번 깜빡할 사이면 아성의 목이 달아날 상황.

그때 바람을 가르는 한 줄기 검풍이 주변에 몰아쳤다.

혈후의 오른팔이 움직인 것이다.

휘릭.

혈후의 소매가 바람에 흩날렸다.

그것도 잠시, 바람이 흩날리던 그녀의 소매가 제자리를 찾았다.

순간 한빈의 눈이 커졌다.

분명 검을 들었는데 혈후의 손에는 아무것도 없었다.

검은 어디로 갔을까?

혈후의 주변에는 붉은 기운들이 여전히 일렁이고 있었다.

검을 떨어뜨린 것일까?

떨어진 검은 붉은 기운들 속에 숨었고 말이다.

그렇다면 왜?

한빈은 안력을 더욱 돋궜다.

혈후가 검을 떨어뜨리는 실수를 하지는 않을 것 같아서였다.

한빈은 본능적으로 기감을 최대한으로 끌어올렸다.

얼마나 집중했는지 온몸의 털이 바싹 설 정도였다.

순간 한빈이 다급하게 고개를 돌렸다.

한빈이 바라보고 있는 곳은 혈후의 뒤쪽.

동시에 붉은 기운 속에서 붉은 기운을 머금은 검이 튀어나왔다.

스륵.

붉은 기운을 뚫고 나온 검은 마치 뱀처럼 움직였다.

살짝 흔들리던 검은 갑자기 어디론가 날아갔다.

슝.

그 검은 혈후가 쏘아 보낸 것이 분명했다.

조금 전까지만 해도 평범한 검이었는데 혈후의 기운이 실리자 전체가 붉게 물들었다.

마치 피를 머금은 듯 보이기까지 했다.

검이 속도를 더해 갔다.

팡!

파공성을 일으키며 날아가는 붉은 검은 마치 혈후가 마지막으로 펼친 천변만화의 기운보다도 더 강렬했다.

지금의 한 수에는 분명 살기가 담겨 있었다.

그 방향은 폭발을 피해 한곳에 몰려 있는 독인들이 있는 쪽은 아니었다.

파공성까지 내며 날아가는 검을 사람들이 눈치 못 챌 리 없었다.

한빈뿐 아니라 다른 독인들도 시선을 돌렸다.

모두의 시선이 붉은 기운을 따라 움직였다.

독인들도 긴장한 듯 마른침을 삼켰다.

붉은 검은 분명히 살기를 담고 있었다.

모두의 시선이 얽힌 순간.

한빈은 살아 있는 뱀처럼 움직이는 붉은 검에 집중했다.

결심한 듯 눈을 번뜩인 한빈이 용린검법의 초식을 떠올렸다.

'구걸십팔보.'

'백발백중!'

'유유자적!'

마지막 초식을 떠올린 한빈은 낙엽 밟는 소리만 남기고 사라졌다.

대신 한빈이 있던 자리에서 은침 하나가 튀어나왔다.

하지만 아무도 그 은침을 알아채지 못했다.

붉은 검을 날린 혈후도.

그 옆에 있는 아성도.

이를 멀리서 지켜보던 독인들도 말이다.

이유는 간단했다.

혈후가 검을 날린 곳에서 설화의 기척을 느꼈기 때문이다.

한빈은 혈후의 이번 공격이 자신을 향한 경고임을 알고 있었다.

후견인을 죽이지는 못하지만, 그와 연관된 사람은 죽일 수 있다는 경고.

말하자면 한빈은 졸지에 한쪽 **뺨**을 맞은 것이나 마찬가지였다.

뺨을 맞고 가만히 있는 것은 강호의 도리가 아니었다.

목숨은 몰라도 뒤통수 정도는 노려 주는 것이 예의였다.

하지만 설화를 구하는 동시에 혈후의 뒤통수를 날릴 수는 없었다.

그래서 생각한 것이 바로 은침에 유유자적의 기운을 싣는 방법이었다.

유유자적은 은신술과 귀식대법의 최고봉.

누구도 눈치챌 수 없이 적에게 다가갈 수 있는 수법이었다.

물론 사물에 유유자적의 기운을 적용시키는 것은 한계가 있었다.

지금 수준으로는 조그만 은침까지였다.

백발백중의 효용을 실은 은침에 유유자적의 기운을 불어넣는다면?

한빈이 원하는 곳에 적중할 것이다.

한빈이 날린 은침이 빠르지도 느리지도 않게 혈후를 향해 날아갔다.

은침을 날린 한빈은 붉은 기운을 따라잡기 위해 속도를 높였다.

눈앞에 있는 심화편 중 속의 구결이 눈 깜빡할 사이에 줄어들었다.

한빈은 이렇게까지 속도를 높여 본 적이 없었다.

한빈의 시야에 희끄무레한 신형이 들어왔다.

그 신형은 제법 멀리 떨어져 있었다.

붉은 기운이 향하는 곳에는 흰색 무복의 소녀가 콧노래를 흥얼거리며 걸어오고 있었다.

"와, 이게 얼마짜리야! 당과로 바꾸면 하나, 둘, 셋……."

소녀는 바로 설화였다.

설화는 뭔가를 열심히 끌고 있었다.

그것은 만년빙정으로 만든 관이었다.

설화는 빙관을 끌고 오느라 이제야 도착한 것.

만년빙정이 얼마나 귀한 물건인지 알기에, 설화는 관을 아무렇게나 끌고 올 수 없었다.

그렇다고 혼자 들기에는 부담스럽기에 한 가지 꾀를 고안해 냈다.

소나무 가지를 아래쪽에 덧댄 것이다.

설화는 모든 신경을 빙관에 쏟고 있었다.

끌다가 조각이라도 떨어져 나가면 가슴이 무너져 내릴 것이었다.

설화는 끌다가 멈추다를 반복했다.

계속해서 빙관을 확인하고 있었다.

얼마나 애지중지 옮기고 있었는지 멀리서 다가오는 살기마저 느끼지 못하고 있었다.

그때였다.

귀에 익은 목소리가 들렸다.

"설화야!"

"앗, 공자님, 제가 무사히 만년빙정을……."

설화는 말을 맺지 못했다.

갑자기 거대한 기세를 느꼈기 때문이었다.

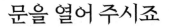

문을 열어 주시죠

야수가 포효를 지르듯 붉은 검이 파공성을 내며 다가오고 있었다.

팡!

그 순간 설화의 표정이 굳었다.

날아오는 붉은 검 주변에 일렁이는 것은 검기가 분명했다.

불꽃 같은 붉은 검기를 보는 순간 그 기세에 눌렸다.

설화가 얼어붙은 것은 당연한 일이었다.

고양이를 본 쥐는 본능적으로 도망친다.

하지만 쥐의 앞에 있는 것이 고양이가 아니라 호랑이라면?

쥐는 도망칠 생각도 못 하고 빳빳하게 얼어붙을 수밖에 없다.

그처럼 설화는 조금도 움직일 수 없었다.

지금 날아오는 붉은 검기와 설화 사이에는 쥐와 호랑이만큼의 격차가 있었다.

오로지 기세만으로 설화를 얼어붙게 만든 것.

붉은 검기는 묘하게 더욱 빨라졌다.

붉은 검기의 뒤에서 달려오는 또 하나의 붉은색 형체.

살기를 누르는 따뜻한 기운.

그것은 한빈의 형체가 분명했다.

한빈의 기운에도 설화의 몸은 움직이지 않았다.

그때였다.

붉은 기운이 갑자기 꿈틀했다.

그와 동시에 설화의 몸이 조금씩 움직이기 시작했다.

설화는 재빨리 구걸십팔보의 초식을 떠올렸다.

몸을 옥죄고 있는 붉은 검기의 기세에서 벗어나면, 재빨리 구걸십팔보로 붉은 검기의 간격에서 벗어날 심산이었다.

설화가 막 첫걸음을 내디뎠을 때였다.

그녀의 눈이 한계까지 커졌다.

붉은 기운이 더욱 빨라졌다.

설화는 뒤쪽을 바라봤다.

그녀가 보고 있는 것은 만년빙정으로 만든 빙관이었다.

설화는 짧은 시간 안에 계속해서 붉은 기운과 빙관을 번갈아 봤다.

빙관을 놓고 도망친다면 붉은 기운에서 벗어날 수는 있을 것 같았다.

하지만 그냥 도망친다면 저 빙관은 산산조각 날 것이 분명했다.

그것은 죽기보다 싫었다.

저 빙관은 자신의 것이 아니었다.

그게 더 문제였다.

그녀가 가장 존경하는 한빈의 소중한 물건이기에 발길이 떨어지지 않았다.

거기에 더해 그녀는 재물을 잃는 것이 정말 싫었다.

알뜰살뜰 모아서 은퇴하면 천수장의 옆에 당과 가게를 여는 것이 꿈이었다.

그것도 중원 최고의 당과 가게를 말이다.

그때를 위해서라도 한 푼이라도 더 모으는 것이 맞았다.

저 빙관을 무사히 한빈에게 전하면 짭짤한 돈을 덤으로 벌 수 있었다.

이 때문이라도 빙관과 연결된 끈을 절대로 놓을 수 없었다.

그때였다.

다시 한빈이 목소리가 들렸다.

"빨리 뛰어! 이건 명령이다."

그 목소리에 설화가 움직였다.

생각이 많았는지 설화의 발이 꼬였다.

휘청.

순간 설화는 깨달았다.

지금 저 붉은 검기와 그 뒤를 쫓는 한빈의 모습이 이승에서 보는 마지막 장면임을 말이다.

설화는 자신도 모르게 눈을 꽉 감았다.

검이 자신의 목을 꿰뚫는 순간까지 차분히 지켜볼 엄두는 나지 않았다.

어디선가 귀에 익은 목소리가 들려왔다.

"언니!"

이건 청화의 목소리였다.

"어, 어떻게, 빨리!"

이건 소군의 목소리였다.

뒤를 이어 설화가 알고 있던 이들의 목소리가 연이어 들렸다.

심미호를 비롯한 적혈맹호대의 목소리, 팽혁빈의 목소리, 가끔 당과를 사 주는 이무명의 목소리.

설화는 이 목소리가 일종의 주마등이라고 생각했다.

눈앞을 스치는 장면 대신 모두의 목소리가 귀에 틀어박혔으니 말이다.

순간 모두의 목소리가 끊겼다.

마치 시간이 멈춘 것 같은 느낌마저 들었다.

설화는 조용히 눈을 떴다.

눈앞에는 하얀 장막이 드리워져 있었다.

"죽은 거구나. 내가 죽었어……. 휴."

설화는 자신도 모르게 한숨을 내쉬었다.

그때였다.

갑자기 백색의 장막이 걷히고 익숙한 풍경이 나타났다.

조금 전 봤던 백독전의 전경이었다.

설화는 아무 말도 하지 못했다.

분명 저승인 줄 알았는데 눈앞의 광경이 순식간에 바뀌다니!

그때 설화의 귓가에 한빈의 목소리가 들려왔다.

"설화야, 정신은 없겠지만 인사드려야지."

"이, 인사요?"

"여 대협이 널 구해 주셨다. 나도 저 검을 걷어 낸다고 장담하지는 못할 상황이었어."

한빈이 옆을 가리키자 설화가 고개를 돌렸다.

그곳에는 여춘수가 백색 소맷자락을 펄럭이며 검 하나를 들고 있었다.

혈후의 흔적이 남아 있는 검이었다.

여춘수는 그 검을 바닥에 꽂았다.

팍.

그러고는 발로 꽂힌 검을 밟았다.

푹.

검파가 안 보일 정도로 검은 깊숙이 박혔다.

여춘수는 바로 고개를 돌렸다.

혈후가 있던 방향을 보며 눈썹을 꿈틀거리자 한빈이 말했다.

"벌써 튀었습니다."

"허, 발은 빠르군. 그런데 왜 이 아이를 노린 것인가? 혹시 그 연유를 알고 있는가?"

"그냥 우연입니다. 이건 제게 보낸 일종의 경고죠."

"경고라니……."

"백륜에 관한 내용입니다. 그러니까……."

한빈이 혈후에게 들었던 내용을 전했다.

여춘수도 충분히 알 자격이 있는 사람이었다.

모든 설명을 들은 여춘수가 한숨을 내쉬었다.

"허, 자네 말대로 경고가 맞군. 자네가 백륜에 서명을 받아 낼 줄은 상상도 못 했다네."

"운이 좋았을 뿐입니다."

"살아 있는 걸 보면 운이 좋은 건 확실하지만, 이건 운 가지고 될 일이 아닐세. 아마도 자네는……."

여춘수는 말을 아끼는 듯했다.

그는 말을 마무리 짓는 대신 조용히 어딘가를 바라봤다.

한빈도 그의 시선을 따라 고개를 돌렸다.

여춘수가 바라보고 있는 것은 북해였다.

물론 한빈이 바라보고 있는 것은 용린검법이었다.

[용안으로 구결을 확인합니다.]

[천급 구결 진(盡)을 획득하셨습니다.]

한빈이 유유자적의 힘을 실어 날린 은침이 혈후에게 닿았
다는 증거였다.

글귀를 확인한 한빈은 혈후가 사라진 방향을 보고 살짝 고
개를 숙였다.

비록 적이지만, 자신에게 아낌없이 퍼 주고 간 손님이었
다.

그에게서 얻은 천급 구결이 몇 개던가?

거기에 백륜에 서명을 하며 한빈의 후견인이 되어 주었다.

진득한 미소를 지은 한빈은 남아 있는 구결을 살펴봤다.

[천급 - 원(源), 본(本), 진(盡)]

[알 수 없는 구결 : 사(四)]

다시 차근차근 모여 가는 천급 구결.

그뿐이 아니었다.

지금 용린검법은 반짝이고 있었다.

혈후의 마지막 초식이었던 천변만화를 분석하고 있기 때문이었다.

복잡한 초식인 듯 시간이 꽤 걸렸다.

그에 더해 지의 구결까지 소모하고 있었다.

운만 좋다면 융합편의 초식 하나가 더 늘어날 수도 있었다.

한빈이 용린검법을 살피고 있을 때였다.

여춘수의 목소리가 들려왔다.

"자네, 괜찮나?"

"저는 괜찮습니다."

"혹시 지금 누구한테 인사한 것인지 물어봐도 되겠는가? 내 눈이 틀리지 않았다면 혈후가 사라진 방향을 보고 예를 표한 것 같으니 이상해서 묻는 것일세."

"보신 대로입니다. 적이지만 바닥을 드러내면서 싸우지 않았습니까? 거기에 더해 서로 받을 건 다 받았으니 인사 정도는 해야 하겠지요."

이건 반만 사실이었다.

한빈이 혈후에게 받은 것은 있지만, 혈후가 한빈에게 받은 것은 없었다.

하지만 여춘수는 입가에 부드러운 호선을 그렸다.

"허허, 자네는 신선이라도 된 건인가? 적에게 그 정도의 아량을 베풀다니……. 하늘이 내린 인재로군."

그들의 대화를 옆에서 듣고 있던 이들은 눈을 크게 떴다.

그중에는 설화가 염려되어 한걸음에 달려온 소군도 있었다.

소군은 고개를 갸웃하며 한빈과 여춘수의 대화에 집중했다.

설화야 여춘수를 알고 있지만, 소군은 그를 몰랐다.

그런데 한빈을 신선이라 치켜세우니 신기했던 것이다.

소군이 조심스럽게 대화에 끼어들었다.

"저기, 아저씨……."

"왜 그러느냐?"

여춘수가 고개를 갸웃하며 소군을 바라봤다.

처음 보는 얼굴에 순간 경계했지만, 소군의 귀여운 얼굴에 여춘수의 표정이 부드러워졌다.

소군이 조용한 목소리로 물었다.

"혹시 협박이나 장사를 잘하면 신선이 되는 건가요?"

"협박이라니……."

"그게……."

소군이 손가락을 꼼지락거렸다.

한빈이 한 일 중에 가장 인상에 남는 것은 협박이었다. 그리고 혈후와의 협상은 장사에 가까웠다.

그런데 신선이라니!

소군이 이해하지 못하는 것도 당연했다.

하지만 모든 것이 이해가 되지 않는 것은 아니었다.

소군은 한빈이 신선 혹은 신선에 가까운 사람이라고 생각하고 있었다.

그렇지 않고서야 자신의 마기를 완벽하게 진정시켜 줄 수는 없었다.

처음에는 악당처럼 느껴지기도 하지만, 나중에 알고 보면 한빈이 하는 행동에는 정당한 이유가 있었다.

지금도 협박으로 협상을 이끌어 냈다고 하지만, 만약 한빈이 이런 계책을 쓰지 않았다면 다수의 희생이 있었을 것이 분명했다.

소군은 눈을 빛내며 다음에 할 말을 생각했다.

그때 한빈이 손가락을 튕겼다.

딱!

그 소리에 옆에 있던 청화가 소군을 잡아끌었다.

순간 어색한 침묵이 맴돌았다.

그것도 잠시, 한빈이 웃으며 여춘수를 바라봤다.

"그런데 어쩐 일이십니까. 바로 북해로 떠난다 하시지 않았습니까?"

"마음에 걸리는 것이 있어서 와 봤네."

"그게 무엇인지요? 제가 도와드릴 수 있는 거라면……."

"아닐세."

여춘수가 손바닥을 보였다.

대신 고개를 돌려 설화를 바라봤다.

시선이 마주치자 설화가 고개를 숙였다.

"구명지은에 감사드려요."

설화는 고개를 숙인 채 그대로 멈췄다.

평소 설화의 행동과는 어울리지 않는 진중한 행동이었다.

지금 이 행동은 설화의 진심이었다.

여춘수의 백색 무복을 설화는 저승이라 착각했다.

상황을 보니 여춘수가 자신의 앞을 막고 검을 받은 것이
다.

그것도 소리 없이 말이다.

그 부분에서 설화는 고개를 갸웃했다.

가공할 기세로 날아오는 검을 받을 자가 강호에 있을까?

물론 무림삼존을 제외하고 말이다.

그녀가 모시는 한빈도 불가능할지 몰랐다.

설화는 여춘수를 다시 봐야 했다.

그때 여춘수의 목소리가 들렸다.

"일단 마주 보고 얘기하지."

"아, 알았어요. 대협 아저씨."

"허허, 눈을 보니 대범하군. 꼭 누굴 닮았어."

"제가요?"

"내 착각일지도 모르지. 일단 이걸 받게."

"이게 뭔가요?"

"뭐, 북해빙궁의 출입증이니 받아 두게."

"조금 비싸 보이는데요…….'"

설화가 멈칫할 때였다.

뒤쪽에서 여라희가 놀란 듯 소리쳤다.

"오라버니! 백룡 패를 왜?"

"쉿."

여춘수가 여라희에게 눈짓했다.

그 뜻을 알아들은 여라희가 고개를 돌려 먼 산을 바라봤다.

그들의 이상한 낌새를 설화가 이해 못 할 리가 없었다.

설화는 재빨리 백룡 패라 불리는 물건을 품속에 소중하게 집어넣었다.

"역시, 비싼 게 분명해!"

"지금 뭐라 했느냐?"

"아무것도 아니에요, 선물 감사히 받을게요."

"그 백룡 패면 북해의 어느 곳이든 출입이 가능할 게다. 네 출신이 궁금하면 북해로 놀러 오거라."

"제 출신이요?"

설화는 눈을 깜빡였다.

살수 출신이라는 비밀이 들통났을까 걱정해서였다.

그녀가 흑천의 특급 살수 출신이라는 것은 한빈을 비롯한 소수만이 아는 사실이었다.

설화의 이런 모습에 여라희가 반응했다.

눈을 깜빡이는 설화의 모습이 여라희에게는 순진무구하게 비친 것.

여라희의 입술이 꿈틀댄다.

여라희는 하고 싶은 말이 많은 것 같았다.

입이 열리면 한 움큼 정보를 토해 낼 것이 분명했다.

옆에서 지켜보던 한빈도 여라희의 입이 열리길 기다렸다.

하지만 여춘수의 제지로 바로 고개를 돌려야 했다.

각자의 속마음은 이내 침묵 속에 묻혔다.

서먹한 시간이 지나가고 여춘수가 몸을 돌렸다.

"이제 그만 가자."

"네, 오라버니."

천천히 사라지는 여춘수와 여라희 남매.

그들이 지나간 자리에는 하얀 발자국이 남았다.

멀어져 가는 그들을 보던 한빈의 눈이 그들이 남긴 발자국으로 향했다.

한빈은 그 발자국을 따라갔다.

그 뒤를 설화가 조용히 따를 뿐, 나머지 인원들은 모두 자리를 지켰다.

여춘수가 남긴 발자국은 가면 갈수록 진해졌다.

한빈은 그 발자국이 없는 지점까지 계속해서 걸어갔다.

마지막 몇 걸음은 눈에 보일 정도로 하얀 흔적이 찍혀 있었다.

그 흔적에 한빈의 눈은 한계까지 커졌다.

북해의 최상위 심법이라는 빙백신공의 흔적이 분명했다.

한빈은 조용히 그들이 남긴 흔적에 집중했다.

마지막에 찍힌 하얀 발자국을 본 한빈은 조용히 손을 뻗었다.

가르침이라도 주려는 것일까?

아니면 백룡의 안위는 걱정하지 말라는 뜻일까?

흔적을 살펴보던 한빈이 자리에서 일어났다.

심각한 표정도 잠시, 허탈하다는 듯 입맛을 다셨다.

"쩝."

사실 한빈은 태극검제가 남겼던 천라신선보의 일곱 걸음을 기대했다.

즉, 새로운 무공의 단서를 발견하기를 원했던 것.

물론 그것은 바람에 불과했다.

어느 곳에서도 무공을 획득할 수 있는 단서는 없었다.

한마디로 이곳에 찍혀 있는 흔적은 그냥 발자국일 뿐이었다.

다만, 수확이 아예 없었던 것은 아니었다.

간접적으로나마 몸이 완벽하게 회복된 여춘수의 무위를

엿볼 수 있었다.

발자국의 형태로 남긴 빙백신공의 흔적이라?

북해에서도 좀처럼 찾아볼 수 없는 엄청난 수준의 수법이었다.

빙공을 이용해서 한기를 배출하기 가장 쉬운 곳은 바로 상체, 그것도 손이다.

빙공의 대부분 초식은 권법으로 이루어진다.

각법으로는 빙백신공의 한기를 이용하는 것 자체가 불가능하기 때문이다.

빙백신공을 신공이라 부르는 이유는 한기를 신체의 어느 곳이든 자유롭게 보낼 수 있다는 점 때문이었다.

물론 성취가 높아야만 이런 흔적을 남길 수 있다.

더욱이 여춘수는 두꺼운 가죽신을 신고 있었다.

가죽신을 신은 채로 발자국에 살얼음을 남긴다고?

보통의 성취로는 불가능한 일이었다.

여춘수는 빙백신공을 극성까지 성취했다는 말이었다.

북해와 중원의 교류가 뜸해서 정확한 평가는 어렵겠지만, 한빈이 이전에 본 대로 무림삼존과 맞먹는 성취를 이루었다는 말이었다.

여춘수가 혈후의 아래일까?

아마도 아닐 것이다.

백의 아래일까?

아니라 장담할 수 있다.

그런 여춘수가 백과 혈후를 피해 요리조리 도망쳐 다녔다.

그 상황에 여춘수를 구한 것이 한빈이었다.

그렇다면 백경의 힘은 단순한 무위로만 평가할 수 없다는 말이었다.

한빈이 혈후를 계략으로 누른 것도 어찌 보면 운이 작용했다고 봐야 했다.

여러 정황을 떠올린 한빈은 품속의 백륜을 만졌다.

기연이라 생각된 백륜이 진짜 짐일 수도 있다는 생각이 드는 순간이었다.

"뭐지?"

한빈은 갑자기 눈에 얼핏 비치는 잔상에 다급히 고개를 돌렸다.

여춘수가 남긴 발자국의 주변이 가느다란 실선으로 둘러싸인 듯한 느낌을 받았기 때문이다.

다른 이들이 봤다면 아마 그냥 지나쳤을 정도로 가느다란 실선이었다.

실선은 살짝 일렁이고 있었다.

한빈이 다시 흔적에 손을 댔다.

이번에는 품속에 백륜을 든 채 말이다.

한빈의 손에 닿자마자 실선이 사라졌다.

마치 고드름이 열기에 증발하듯 사르륵 사라지는 실선.

순간 한빈의 눈앞에 글귀가 나타났다.

[빙백신공의 단서를 획득하셨습니다.]

한빈은 진득한 미소를 피워 내며 용린검법의 한쪽을 바라
봤다.

그러고는 여춘수가 사라진 곳을 다시 한번 살폈다.

한빈의 예상대로 여춘수의 발자국에서 빙백신공의 단서를
발견한 것.

비록 첫 장이지만, 빙백신공의 실마리는 잡을 수 있었다.

용린검법의 초식과 마찬가지로 빙백신공의 기본 단계가
머릿속에 바로 들어온 것.

한빈은 손바닥을 펼쳤다.

그러고는 내기를 운용했다.

한빈이 이제까지 펼쳤던 대부분의 무공들은 극양지기를
기반으로 했다.

하지만 빙백신공은 극음지기를 바탕에 깔아야 한다.

가능할까?

아니 가능하게 만들어야 했다.

한빈은 손바닥 위에 한기를 모으려고 노력했다.

아주 찰나의 시간이었다.

한빈의 손바닥 위에 하얀 서리가 나타났다가 바로 사라졌다.

빙백신공의 효과가 분명했다.

하지만 완벽하지는 않다.

나중에 여춘수를 다시 만난다면 나머지 빙백신공의 단서도 얻을 수 있을 것이 분명했다.

즉 지금은 서두를 필요가 없었다.

한빈이 웃음을 피워 내며 설화를 바라봤다.

"우리도 슬슬 준비하지."

"네, 공자님. 근데 갑자기 으스스한 게 기분이 이상하네요."

설화는 어깨를 가늘게 떨었다.

한빈은 자신의 손과 설화를 번갈아 봤다.

아마도 설화는 방금 펼친 한 수를 못 본 것 같았다.

보지는 못했지만, 설화가 느낀 기운은 빙백의 기운이 분명했다.

아직은 말해 줄 때가 아닌 것 같았다.

빙백신공의 실마리를 얻은 것을 안다면 설화는 분명 극음의 무공을 익히려고 노력할 것이다.

한빈이야 용린검법의 도움으로 극양과 극음에 관계없이 무공을 습득할 수 있지만, 다른 이들은 달랐다.

두 가지 무공을 익히려고 한다면 기맥이 뒤틀릴 수도 있었다.

잘못하면 설화가 주화입마에 들 수도 있다는 말이다.

일단은 감추는 것이 맞았다.

표정을 감춘 한빈이 설화의 어깨를 토닥였다.

"오늘 많은 일이 있었잖느냐! 아마도 기분 탓이겠지."

설화가 고개를 끄덕였다.

그 모습에 빙긋 웃은 한빈이 몸을 돌렸다.

설화는 뭐가 아쉬운지 조용히 여춘수의 발자국을 바라봤다.

조용히 흔적을 바라보던 설화가 그 발자국에 손을 대 보았다.

반응이 없자 설화는 자신의 발을 갖다 대 보았다.

그렇게 발을 대 본 설화는 볼을 부풀리며 심통이 난 표정을 지었다.

사실 이 행동도 한빈을 따라 해 본 것이다.

설화는 한빈의 사소한 행동까지도 따라 하는 버릇이 있었다.

중요한 것은 단순한 버릇이 아니라 한빈의 행동에서 깨달음을 얻으려고 노력한다는 점이었다.

이번에는 아무런 깨달음도 못 얻었기에 살짝 심통이 난 것이다.

설화가 재빨리 한빈을 따라갔다.

"공자님, 같이 가요."

한빈과 설화가 떠난 자리에는 쓸쓸하게 발자국만이 남아 있었다.

그 발자국들은 화련산의 산들바람에 서서히 지워졌다.

단 하나의 발자국만 빼놓고 말이다.

그곳에는 아직도 한기가 남아 있었다.

우연의 일치일지는 모르지만, 한기가 남아 있는 곳은 설화가 발을 갖다 댔던 발자국이었다.

한빈은 설화와 함께 모두가 모여 있는 곳으로 돌아왔다.

팽한빈과 적혈맹호대 그리고 이무명이 눈을 빛냈다.

주변 상황은 어느 정도 정리된 것 같았다.

멀리 백독전에는 독인들이 불씨를 제거하고 있었다. 그들의 노력 덕분인지 불씨는 거의 꺼졌다.

마무리 진화 작업을 하는 독인들과는 별개로 하북팽가 사람들은 혈후가 날렸던 검이 꽂힌 이곳에 모여 있었다.

그들 중 신형 하나가 튀어나왔다.

그 신형이 화살처럼 설화에게 달려들었다.

뒤를 이어 다른 신형이 달려들었다.

그들은 청화와 소군이었다.

청화가 먼저 설화를 와락 안았다.

"언니!"

"나두, 무서웠어요. 흑."

뒤이어 설화의 뒤를 껴안은 소군은 울음을 겨우 참는 듯 보였다.

이어서 설화의 주변에 팽혁빈을 비롯한 하북팽가의 식솔들이 모두 모였다.

혈후와의 혈전은 하나하나가 모두 고비였다.

하지만 모두가 강호에서는 흔히 일어날 수 있는 일.

오죽하면 강호인의 목 위에는 개작두가 달려 있다는 속담이 있겠는가.

하지만 설화의 위기는 조금 달랐다.

그 위기는 너무 일방적이었다.

모두가 지켜보는 가운데 설화의 목이 달아나기 일보 직전이었다.

설화는 굴러떨어지는 바위 아래에 있는 토끼와도 같았다.

그 상황에 모두는 충격을 받은 것이다.

거기에 설화는 청화와 함께 그들의 막냇동생과도 같은 존재.

그 위기에서 설화가 돌아왔다는 것은 잔치를 벌이기에 충분했다.

흐뭇한 광경을 지켜보던 팽혁빈이 설화에게 다가갔다.

머리를 헝클듯 쓰다듬는 팽혁빈.

설화가 고개를 갸웃하자 팽혁빈이 설화의 손에 은전 한 닢을 쥐여 주었다.

그게 시작이었다.

다음은 이무명이 설화의 머리를 쓰다듬고 은전을 쥐여 주었다.

심미호도 마찬가지였다.

조호는 품 안을 뒤지다가 철전을 꺼냈다.

서로의 눈치 싸움이 시작되었다.

이들의 행동에는 분명한 이유가 있었다.

이것은 하북팽가의 풍습이었다.

하북팽가는 신창양가와 더불어 나라가 위기에 처했을 때 가장 먼저 앞에 서는 가문이었다.

덕분에 국난이 일어나면 제법 많은 사상자가 발생한다.

강호의 세력 다툼에서 입은 상처와는 비교도 안 될 상처는 어떤 방법으로도 봉합이 되지 않는다.

죽음을 무엇으로 보상하겠는가?

세상을 떠난 자들에게 해 줄 수 있는 것은 남은 가족들을 위로하고 가짜 돈을 태워서 망자의 영혼을 위로하는 일밖에 없었다.

그래서 생각해 낸 것이 살아 돌아온 자들에게는 진짜 돈을 뿌려 주는 것이다.

이것은 백 년이 넘게 이어진 가문의 풍습이었다.

요즘 들어 전쟁이란 단어 자체가 생소해졌지만, 하북팽가의 풍습은 그대로 남았다.

그들이 돈을 건넨다는 것은 설화를 식구로 인정한다는 말이다.

설화의 앞에는 은전과 철전이 한가득 쌓였다.

자신의 앞에 있는 돈이 황당하다는 듯 바라보던 설화가 말했다.

"엥, 다들 이게 뭐예요? 혹시 저를 개방도로 착각하신 건 아니죠?"

"풉."

옆에 있던 심미호가 웃음을 터뜨렸다.

설화가 고개를 갸웃하며 물었다.

"심 언니, 왜 웃어요?"

"네가 불쌍해서 준 게 아니라, 살아서 돌아온 너를 축하해 주는 거야."

심미호가 눈을 찡긋하자 설화가 물었다.

"그런데 액수가 왜 달라요?"

"각자의 금전 사정에 따라 성의를 표시한 거지. 같은 적혈맹호대라도 봉급이 다 똑같은 건 아니잖니."

"그렇게 많이 차이는 안 날 텐데요."

"흠, 개개인마다 사정이 있으니까."

"그렇겠죠……. 그런데 이거 진짜 가져도 돼요?"

"하북팽가의 풍습이니 넣어 둬."

"와, 하북팽가에는 진짜 좋은 풍습이 있네요."

"어서 챙겨. 나중에 청화하고 소군 데리고 당과 사 먹거라."

"감사해요, 심 언니."

"나한테 감사할 건 없어."

"알겠어요, 언니."

두리번거리던 설화가 동서남북 흩어져 있는 적혈맹호대 대원들과 식솔들에게 고개를 꾸벅 숙였다.

인사를 마친 설화가 상기된 표정으로 주위를 둘러봤다.

하지만 눈앞에 있는 돈은 그대로 두었다.

대신에 손가락을 튕겼다.

딱.

그 소리에 반응한 것은 다름 아닌 청화였다.

은밀한 발소리와 함께 청화가 움직였다.

사사삭.

이번에는 청화가 보따리를 들고 나타났다.

청화는 설화의 앞에 정성스럽게 보따리를 펼쳤다.

그 모습에 모두는 고개를 갸웃했다.

이건 누가 봐도 한빈이 하던 행동이었다.

보따리에는 먹과 벼루 그리고 종이가 가지런히 놓여 있었다.

심미호가 다급하게 물었다.

"지금 뭐 하는 거니? 혹시 계약서라도 쓰려고? 아, 계약서
는 아닌 것 같고…… 대체 뭘 하려고?"

"일단 기록은 해 두고 싶어서요, 언니."

"기록을 한다고?"

"흠, 그러니까……. 누가 얼마 줬는지 기억은 해 놔야 할
것 같아서요."

"그게 무슨 말이야?"

"이걸 장부에 기록해 놔야 할 것 같아서요."

말을 마친 설화가 조용히 손을 뻗었다.

종이를 더듬더니 그 아래에 있던 책 한 권을 꺼냈다.

책을 꺼낸 설화는 책장을 넘겼다.

설화의 어깨 너머로 책을 보던 심미호가 입을 벌렸다.

"설화야, 너 대체……."

심미호가 놀란 이유는 간단했다.

설화가 들고 있는 책자는 정말 장부였다.

장부에는 설화에 이제까지 받은 용돈과 모두의 성의가 자
세히 적혀 있었다.

돈뿐이 아니었다. 조호나 이무명이 사 준 당과 꼬치 하나
까지 세세하게 기록되어 있었다.

얼마 전 심미호가 설화에게 준 장신구도 장부에 적혀 있었
다.

고개를 갸웃한 심미호가 말했다.

"이건 대체……."

"우리 공자님이 그러셨어요."

"주군이 뭐라고 하셨는데, 그렇게 기록까지 해 놓은 거니?"

"은혜와 원수는 배로 갚는 거라고요."

말을 마친 설화는 어깨에 힘을 줬다.

설화의 말에 심미호가 고개를 갸웃했다.

"그럼 이 많은 걸 진짜 두 배로 갚으려고?"

"그럼요. 제가 부자가 되면 배로 갚아야죠."

설화가 손가락 두 개를 폈다.

얼마나 곧게 폈는지 검지와 중지가 하늘까지 닿을 것만 같았다.

심미호가 피식 웃으며 물었다.

"그럼 원수를 기록해 놓은 장부도 있겠네?"

"저기요."

설화가 보따리의 한 귀퉁이를 가리켰다.

그 모습에 심미호가 슬쩍 손을 뻗었다.

하지만 설화의 손이 더 빨랐다.

설화는 그 장부를 재빨리 품속에 넣었다.

"이건 비밀이에요."

"음, 은혜를 적은 장부는 비밀이 아닌데 원한을 적은 장부는 비밀이라는 거지."

"당연하죠. 은혜를 적어 놓은 사람은 아군이니 정보를 공유해도 되지만, 원수를 적어 놓은 장부는 누구와도 공유할 수 없어요. 헤헤."

설화는 해맑게 웃으며 붓을 놓았다.

은혜를 적어 놓은 장부 아래에는 이미 모든 이의 이름과 금액 혹은 도움이 적혀 있었다.

심미호는 설화의 기억력과 붓놀림에 놀라야 했다.

모든 행동이 점점 한빈을 닮아 가는 것 같아서 걱정이었다.

주군은 한 사람이면 족했다.

설화까지 주군을 닮는 것은 원치 않았다.

그때였다.

조호가 게걸음으로 걸어왔다.

그의 기척을 눈치챈 설화가 말했다.

"왜 그래요? 조호 오라버니?"

"이것 좀 바꿔 줘."

조호가 슬며시 주먹을 내밀자 설화가 영문을 모르겠다는 듯 고개를 갸웃했다.

"뭘요?"

"은전을 줄 테니 아까 줬던 철전은 다시 줘."

조호가 주먹을 펴자 손바닥에는 은전이 놓여 있었다.

설화가 다시 물었다.

"엥? 왜요?"

"아무래도 철전은 격이 떨어지는 것 같아서. 그래도 설화 너와 함께한 세월이 얼마인데 철전이 말이 되냐?"

"알았어요, 헤헤."

설화가 조호에게 철전을 건넸다.

그러고는 은전을 받아 들었다.

조호가 턱짓했다.

"그 장부에 적힌 내용도 바꿔 줘야지."

"벌써 바꿨어요. 여기 보세요. 헤헤."

설화가 장부를 가리키자 조호의 눈이 커졌다.

사실 조호는 설화가 장부를 고치는 것을 못 봤다.

조호가 설화의 손을 좇지 못한 것이다.

그의 표정은 한없이 진지했다.

설화의 손도 좇지 못하는 동체 시력이라니!

조호의 어깨가 처질 수밖에 없었다.

그것도 잠시, 조호가 고개를 갸웃했다.

이해가 안 되는 것이 한 가지 있었다.

그것은 바로 장부의 금액이었다.

조호의 옆에 표시된 장부 금액에는 고친 흔적이 없었다.

원래부터 은화 한 닢이었다.

대체 어떻게 된 것일까?

먹물을 지우는 신통력까지 얻은 것일까?

조호의 눈빛이 살짝 떨렸다.

그때 누군가 조호의 소매를 잡아끌었다.

"언제까지 그러고 있을 테냐."

고개를 돌려 보니 장삼이었다.

조호는 조용히 뒤쪽으로 물러났다.

방금까지 있던 조호의 자리는 장삼이 대신 차지했다.

은밀한 대화가 오가는 듯했지만, 결론은 똑같았다.

장삼도 은전을 내밀었다.

조호는 뒤쪽에서 설화의 행동을 뚫어지라 바라봤다.

어찌 된 일인지를 알고 싶어서였다.

조호의 눈이 한계까지 커진 것은 장삼이 뒤로 물러나고 다른 적혈맹호대 대원이 자신처럼 은전을 건넸을 때였다.

아무리 봐도 설화는 장부를 고치지 않았다.

즉 장부에는 원래부터 은전 한 닢이라고 기록되어 있었던 것이다.

장부를 덮은 설화가 조용히 미소 지었다.

그 미소에 조호는 입까지 벌렸다.

설화는 그제야 돈을 담기 시작했다.

조호는 주변을 바라봤다.

다른 이들은 뭐가 이상한지도 모르는 것 같았다.

심지어 뒤쪽에서 보고 있던 심미호조차 말이다.

순식간에 돈을 쓸어 담은 설화는 청화와 보따리를 정리했다.

　　그때 조호가 조용히 다가가 물었다.

　　"어, 어떻게 된 일이냐? 설화야."

　　"뭐가요?"

　　"방금 말이다. 아무리 생각해도 이해가 안 되어서 하는 말이다."

　　"혹시 장부 말씀하시는 거예요?"

　　"그래, 분명 너는 고치지 않았어. 우리가 은전을 줄 걸 알고 있었다는 것처럼 말이야."

　　"장부 얘기 나왔을 때 다들 눈빛을 반짝이시던데요."

　　"눈빛이?"

　　"제가 두 배로 갚는다고 했을 때는 눈빛이 금빛 같았어요."

　　"흠."

　　"그래서 다 똑같이 은전으로 미리 적어 놨죠."

　　"그럼 우리가 철전을 회수하고 은전을 줄 것을 알았다는 거지?"

　　"그럼요."

　　"대체 누구한테 배운 것이냐?"

　　"누구긴요, 공자님이죠."

　　"헉."

　　"공자님한테 무공만 배웠다면 실수하신 거예요. 공자님한테 진짜 배워야 할 건 무공이 아니라 지혜예요."

"지혜라⋯⋯."

조호는 고개를 들어 하늘을 바라봤다.

인제 보니 설화와 청화는 한빈의 말 한마디를 모두 적고 있었다.

조호는 여태껏 설화가 왜 그런 행동을 했는지 알 수 없었다.

하지만 이제는 알 것만 같았다.

그 사소한 행동 하나가 설화와 자신의 차이를 만들었다는 것을 말이다.

설화가 주군인 한빈의 어록을 정리할 때, 자신은 아랫마을 향이에게 줄 연서를 고민했었다.

설화가 주군의 뒤를 쫓으며 발걸음까지 흉내 낼 때 자신은 화주로 목을 축였다.

아무리 생각해도 수련이 부족했던 것 같았다.

모든 것을 인정하자 조호는 마음이 한결 편해졌다.

이제부터라도 노력하면 될 터였다.

결의에 찬 표정으로 조호가 다시 고개를 돌렸다.

그곳에는 먼 산을 바라보는 한빈이 있었다.

그때 설화가 조호의 소매를 잡아끌었다.

고개를 돌려 보니 설화가 방긋 웃고 있었다.

설화가 먼저 입을 열었다.

"조호 오라버니!"

"고맙다, 설화야. 네가 내게 깨달음을 주었구나."

"늦지 않아서 다행이에요. 그런데 노력만으로 되는 건 아니에요. 무사가 무공만 높다고 되나요? 병장기도 좋아야 이름을 떨칠 수 있는 법이죠. 그래서 제가 준비했어요."

"병장기라니, 그게 무슨 말이냐?"

조호가 묻자 설화가 청화를 바라보았다.

청화가 약속했다는 듯 보따리를 열고 뭔가를 꺼냈다.

한 뼘 정도 넓이의 가죽 주머니였다.

청화가 조호에게 가죽 주머니를 내밀었다.

그 모습에 조호가 물었다.

"이건 대체 뭐지?"

"집필 도구예요."

물건을 건넨 것은 청화였지만, 대답은 설화가 했다.

"집필 도구? 그게 나한테 왜 필요한데?"

"조호 오라버니도 이제부터는 우리 공자님의 말씀을 기록하실 것 같아서요."

"흠."

조호는 놀란 듯 설화를 바라봤다.

마치 그걸 어떻게 알았느냐는 표정이다.

설화가 빙긋 웃었다.

"이게 다 영업의 기본이죠. 그 가죽 주머니와 그 안에 들어 있는 지필묵으로 말할 것 같으면……."

설화가 쉴 새 없이 가죽 주머니와 지필묵에 관해 설명했다.

조호는 최면에라도 걸린 듯 품속의 전낭을 꺼냈다.

그것도 잠시, 조호의 앞에 있던 설화는 청화와 사라졌다.

남아 있는 조호의 손에는 지필묵이 든 가죽 주머니가 들려 있었다.

멍하니 있던 조호는 가죽 주머니와 자신의 텅 빈 전낭을 번갈아 봤다.

그때 뒤에서 귀에 익은 목소리가 들려왔다.

"우리 막내도 당했는가?"

"아, 장삼 아저씨."

"외롭지 않아서 좋군."

"그게 무슨 말씀이에요? 아저씨."

"너도 당하고 나도 당했으니 외롭지 않은 건 당연하지."

"앗, 아저씨는 언제 산 거예요?"

"조금 전에……. 나는 소군한테 샀다."

"와, 눈 뜨고 코 베이는 곳이 강호라더니 그 말이 딱 맞네요. 설화에게 코를 베이다니!"

"은전 몇 닢으로 교훈을 얻었으면 코 베인 게 아니라 남는 장사를 한 게지."

"이게 무슨 교훈이에요. 그냥 당한 것 같은데."

"이건 돈 앞에는 장사 없다는 교훈이다. 조금 전에 죽을 고비에서 벗어난 설화다. 고작 돈 몇 푼 뜯으려고 이런 짓을 했겠느냐?"

"그건 아니겠죠. 그런데 하나도 아깝지 않으세요?"

"뭐, 은퇴 후에 객잔 하나 차릴 돈은 이미 모아 뒀으니 나머지 돈은 없어도 그만이라고 생각한다."

"허, 이러다 등선하시겠네요."

"이놈아, 그런 말 하지 말아라. 나는 속세가 좋다."

"하하, 그건 저도 마찬가지입니다. 주군과 함께 있는 세상이면 더 좋고요."

설화와 청화가 다급하게 한빈의 뒤를 따랐다.

한빈이 보이지 않자 다급하게 구걸십팔보까지 펼치며 따라붙은 것.

설화와 청화의 사이에서 강제로 이끌려 달리고 있는 소군의 볼이 부풀었다.

그 모습에 설화가 외쳤다.

"청화야, 잠깐만!"

"알았어요, 언니."

청화와 설화가 동시에 멈추자, 가운데에서 둘의 팔짱을 끼고 있던 소군이 앞으로 쭉 갔다가 다시 뒤로 돌아왔다.

마치 그네를 타는 듯한 모습 같았다.

그것도 잠시, 소군이 볼을 부풀렸다.

설화가 다급하게 외쳤다.

"청화야, 피해!"

"언니도 피해요!"

말을 마친 청화가 토끼처럼 깡충 뛰어서 자리를 벗어났다.

소군의 입에서 괴성이 흘러나왔다.

꺼억!

순간 설화와 청화가 서로를 바라봤다.

설화가 멋쩍은 표정으로 말을 이었다.

"아니네."

"그러네요."

그때 소군이 뱁새눈을 한 채 걸어왔다.

"언니들!"

"소군아, 왜 그래?"

"다들 왜 피한 거예요?"

"우린 네가……."

청화가 말끝을 흐리자 설화가 말을 받았다.

"토할 줄 알았지. 누가 봐도 그건 토할 것 같은 표정이었잖
아."

"진짜 토할 뻔했어요. 갑자기 그렇게 뛰면 어떻게 해요. 토
할 뻔한 게 문제가 아니라 저 죽을 뻔했어요. 제 눈 보세요."

소군이 검지로 자신의 눈을 가리킨다.

순간 설화의 눈이 커졌다.

소군의 눈동자가 자리를 못 잡고 동서남북으로 날뛰고 있었다.

설화가 걱정스러운 표정으로 물었다.

"어디가 아픈 거야?"

"그렇게 들고 뛰는데 안 어지러우면 이상한 거죠. 저 죽을 것 같아요."

"그러고 보니 네 생각을 못 했네."

설화가 미안한 듯 소군의 어깨를 토닥였다.

소군이 뭔가 생각났는지 눈을 빛냈다.

"미안하면 나중에 만두라도 사 줘요. 저 오늘 밥값 했잖아요."

"밥값만 한 게 아니야. 그 이상이지."

"그렇죠."

소군이 표정을 바로 바꾸며 어깨를 활짝 폈다.

이제는 눈동자도 정상으로 돌아왔다.

그 모습에 설화가 피식 웃었다.

그때 뒤쪽에서 청아한 웃음소리가 들려왔다.

"하하, 오늘 아주 날을 잡았구나."

"앗, 공자님."

설화가 전낭을 뒤로 숨기자, 한빈이 피식 웃으며 말을 이었다.

"난 신경 쓰지 말고 하던 거 계속해도 된다."

"아, 아니에요. 벌써 다 끝났어요, 공자님."

"그럼 천천히 따라오너라. 무리하지 말고."

한빈이 조용히 앞장서기 시작했다.

앞서가던 한빈이 걸음을 멈췄다.

그곳에는 거대한 전각이 있었다.

전각 앞에는 백주천이 기다리고 있었다.

한빈은 백주천과 마주 보고 있었다.

그들의 사이에는 김이 모락모락 나는 찻잔이 어색하게 놓여 있었다.

이 자리는 한빈이 요청한 자리였다.

하지만 한빈은 아무 말도 하지 않고 차만 홀짝이고 있었다.

벌써 다섯 번째 따르는 차였다.

참다못한 백주천이 말했다.

"할 말이 있으면 편안히 하게."

"부탁이 있습니다."

"자네의 부탁이라면 뭔들 못 들어주겠나?"

"문을 열어 주시죠."

한빈이 북쪽을 가리켰다. 순간 백주천이 표정을 굳혔다.

백주천이 낮은 목소리로 물었다.

"자네가 말한 문이라는 게 설마……?"

"네, 맞습니다. 혈후의 수하였던 아성이란 자가 요구했던, 백독문의 가장 깊은 곳에 있다는 그 문 말입니다. 저는 그곳에서 한 가지 물건을 가지고 오고 싶습니다."

"흠, 문이라……. 문."

백주천은 같은 말만 되풀이하며 고개를 저었다.

그것도 잠시, 백주천은 관자놀이를 지그시 눌렀다.

그러고는 한빈의 시선을 슬쩍 피했다.

한빈의 부탁을 들어주지 못하겠다는 신호 같았다.

한빈도 그의 사정은 대충 알고 있었다.

한빈이 아무렇지 않게 물었다.

"어려우시겠습니까? 문주님."

"이건 들어주고 말고의 문제가 아닐세."

"그럼 무엇이 문제입니까?"

"은인을 사지에 몰아넣는 건 강호의 도리가 아니지 않은가?"

"그게 무슨 말씀이신지요? 여기서 강호의 도리가 왜 나옵니까?"

한빈은 고개를 갸웃하며 백주천의 표정을 살폈다.

백주천이 한 말이 이해가 되지 않아서였다.

한빈은 전생의 기억 하나를 떠올렸다.

그것은 이곳으로 정찰을 나왔을 때의 일이었다.

그때 발견한 비밀 공간은 두 개였다.

하나는 백독문으로 들어오는 길에 있던 것이었다.

유골이 널브러져 있던 비밀 공간과 백령정 부근에서 발견했던 통로였다.

그곳의 통로는 마치 나와서는 안 될 물건이 있는 듯 공기도 통하지 않게 막혀 있었다.

덕분에 수색을 포기해야 했다.

첫 번째 통로에서 백주천의 금지옥엽이자 장자명의 연인이될 백리연을 구하게 된 것은 어찌 보면 운명일 수도 있었다.

이제는 두 번째 공간을 살펴야 할 때였다.

사실 처음부터 문을 열어 달라는 부탁을 할 계획은 아니었다.

이번 계획을 떠올린 것은 백독전에서 아성이 백주천에게한 말 덕분이다.

아성은 분명히 가장 깊은 곳을 열어 달라고 했다.

그렇다면?

그곳에 무림 칠대기보 중 하나 혹은 생각지도 못할 영약이들어 있을 가능성이 있었다.

한빈이 호기심 어린 표정으로 바라보자 백주천이 말을 이었다.

"아성이란 자가 말했던 그곳은 백독곡에서 필요 없는 독물을 모아 두는 창고일세."

"저도 알고 있습니다."

당연히 알고 있었다.

전생의 기억뿐 아니라 백령정에 갔을 때 살핀 사항이었다.

백주천이 놀란 듯 다시 물었다.

"알고 있다고?"

"그래서 부탁드리는 겁니다."

"백독곡을 조금이라도 아는 자들은 그 창고를 백독 비고라고 부르지만, 실상은 다르네. 그곳에는 독기를 먹고 기형적으로 변한 독충들이 가득하네."

말을 마친 백주천이 미간을 좁혔다.

그러고는 옛일을 회상하듯 잠시 천장을 올려다보았다.

백독 비고는 그의 실패작이었다.

처음에 그 창고를 만든 것은 독인들의 공력을 증진시킬 영약을 만들기 위해서였다.

그 영약을 만드는 제조법을 얻게 된 것은 우연이었다.

북해에서 중원으로 오며 가져왔던 책자 중 정체 모를 서책 하나가 섞여 있었다.

처음에는 평범한 서책인 줄 알았다.

그런데 책을 정리하던 중 표지가 떨어져 나갔다.

떨어져 나간 표지의 뒤에는 '백독 비서'라는 제목이 적혀 있었다.

백독 비서라?

그것은 독인들이 꿈꾸던 독술의 비급이었다.

그 초반부를 통해 지금의 백독문을 이룰 수 있게 된 것이 었다.

백독 비서의 후반부에는 영약을 만드는 제조법이 적혀 있 었다.

그 비법대로라면 독인뿐 아니라 일반 무인들에게도 희대의 영약이 될 수 있었다.

그 영약만 제조할 수 있다면 독인들의 꿈이라고 할 수 있 는 공독지체를 이룰 수도 있었다.

공독지체를 이루는 것, 아니 공독지체를 한번 확인하는 것 이 백주천의 꿈이었다.

백주천과 그의 의제인 독호는 영약을 위해서 끊임없이 실 험을 했다.

백독 비고라 했지만, 그곳은 백독문의 실험실에 가까웠다.

그러나 실험에는 한계가 있었다.

영약을 제조하는 데는 백독 비서에 나온 도구가 필요했다.

그들은 잠시 실험을 중지하고 백독 비서에 나온 도구를 위 해 사방팔방으로 찾아다녔다.

장고의 노력 끝에 그들은 도구를 북해에서 찾아냈다.

그 도구는 세상의 모든 독기를 빨아들일 수 있는 신기한 향로였다.

그 후 향로를 통해 막 영약 한 알이 거의 완성되었을 무렵, 침입자가 들어왔다.

그 침입자는 향로에서 연단 중인 불완전한 영약을 꺼냈다.

그 대가는 무시무시했다.

향로의 내부가 텅 비자, 갑자기 폭주하기 시작한 것이다.

그 결과 향로는 말도 안 되는 속도로 백독곡의 모든 독기를 빨아들이기 시작했다.

그것이 사건의 시초였다.

조그마한 향로가 끝없이 독기를 빨아들이면 어떻게 될까?

이론적으로 무한이라는 것은 존재할 수 없다.

끝없이 독기를 빨아들인 향로는 터질 수밖에 없는 법.

어느 순간 백독 비고의 안에서는 폭발이 일어났다.

한 번에 응집된 독기가 터진 후, 백독 비고는 사람이 출입할 수 없는 장소가 되어 버렸다.

몇 년이 지나 독기가 진정된 후 그 안을 살펴보니, 백독 비고에는 독충과 기이한 생물들이 들끓고 있었다.

향로의 힘이 주변에 있는 생물들을 불러들인 것이다.

이에 향로가 있는 곳까지 도달하기 위해서는 꽤 많은 희생을 치러야 했다.

향로가 있는 실험실까지 가는 길을 낸 후, 백주천은 백독 비고의 출입문을 닫아 버렸다.

향로를 찾을 수 없었고, 영약을 제조할 수 없는 백독 비고도 쓸모없어졌기 때문이다.

분명 향로는 백독 비고의 안에 있었다.

그렇지 않고서야 백독 비고 안으로 주변의 독기들이 아직도 몰려들 리 없었다.

사실 향로보다 더 아쉬운 것은 향로와 함께 백독 비서가 없어졌다는 점이었다.

회상을 끝낸 눈빛에는 여러 감정이 스쳐 지나갔다.

그것도 잠시, 백주천이 눈을 가늘게 떴다.

"어떤 독인도 그곳에 들어간다면 생사를 장담하지 못하네."

"알고 있습니다. 그러니 백독 비고의 문을 막아 놓으셨겠죠."

"그리 잘 알고 있는데, 거길 들어가겠다는 건가?"

"필요한 물건이 그곳에 있습니다."

"무엇이 필요한지 말해 보게. 내가 가져다주겠네."

"아닙니다. 제가 확인하고 가져와야 합니다."

이 말은 진심이었다.

그도 그럴 것이, 한빈도 거기에서 무엇을 가져와야 할지는 알지 못했으니까.

뭔지는 모르겠지만, 대단한 것이 백독 비고에 들어 있다는 것만 짐작하고 있었다.

백경의 선주 중 하나인 혈후가 원하는 것.

거기에 또 다른 백경의 선주인 백의 수하들이 이곳으로 왔다는 것은, 백룡의 고수인 여춘수 말고 다른 목적이 있을 가능성이 높았다.

한빈은 기대감 가득한 눈으로 백주천을 바라봤다.

시선을 마주한 백주천이 턱수염을 쓸어내리며 헛기침했다.

"흠."

백주천은 조심스럽게 한빈의 표정을 살폈다.

하지만 상대의 표정을 읽을 수 없었다.

그는 한빈이 원하는 것이라면 딸아이의 목숨을 제외하고서는 뭐든 내줄 수 있었다.

혹시 향로를 찾는 것일까?

그 향로는 중원에서는 무림 칠대기보 중 하나라 부른다고 했으니 그럴 수도 있었다.

향로의 이름은 신선로.

신선로는 독기를 빨아들이면 빨아들일수록 작아진다.

그 작아진 신선로를 독기로 가득 차 죽음의 땅이 된 백독 비고 안에서 어떻게 찾겠는가?

한마디로 모래밭에서 바늘 찾기나 마찬가지였다.

백주천은 입술을 꿈틀댔다.

신선로에 대해서는 말할 수 없었다.

사실 신선로는 북해빙궁에서 몰래 훔쳐 온 것이니 말이다.

어찌할 줄 모르는 백주천의 표정을 본 한빈이 고개를 갸웃했다.

"걱정되십니까?"

"은인이 백독문에서 죽게 내버려둘 수는 없는 일이 아닌가?"

"저는 안 죽습니다."

한빈이 의미심장한 표정으로 백주천을 바라봤다.

백주천이 어이없다는 듯 헛웃음을 터뜨렸다.

"하하, 그 위험에서 우리를 구해 줬으니 자네의 힘은 인정하네. 하지만 백독 비고 안은 그야말로 지옥이네. 발 한번 잘못 디디면 한 줌의 핏물로 변할 수 있는 곳이 그곳이네."

"그래도 기름에 잠긴 백독전보다야 낫지 않겠습니까?"

"그곳보다 더 위험할 수 있다네."

백주천이 아직도 망설이자 한빈이 말했다.

"문을 열어 주신다면 이번 일에 대한 모든 보답을 받은 것으로 하겠습니다."

"그런 문제가 아닐세. 자네가 다칠지도 몰라서 하는 말이네. 아니, 분명히 다칠 것이네. 만약에 자네가 무사하다는 보장만 있다면 그 안에 있는 모든 것을 자네가 가져도 좋네."

모든 것이라면 향로를 말함이었다.

어차피 찾지 못할 향로였기에 은인에게 주는 것이 좋다고 백주천은 판단했다.

그보다 가장 큰 문제는 한빈의 안전이었다.

백주천은 한빈이 혈후의 광기를 막을 유일한 인물이라는 것을 알고 있었다.

여기서 만약에 한빈이 다친다면?

백독문은 다시 위험에 처할 수도 있었다.

그가 아직도 결정을 못 내린 듯하자 한빈이 결심한 듯 말했다.

"혹시 공독지체를 이룬 독인과 함께라면 안심하시겠습니까?"

"공독지체가 중원에 존재하는가?"

백주천이 눈을 크게 떴다.

공독지체를 한 번이라도 보는 것이 그의 꿈이었다.

공독지체라는 말 한마디에 백주천의 눈이 갈피를 잡지 못했다.

그 표정을 눈치 못 챌 한빈이 아니었다.

한빈이 고개를 끄덕였다.

"네, 존재합니다. 그것도 아주 가까이에 말이죠."

"그게 정말인가?"

"네, 천지신명께 맹세할 수 있습니다."

"흠."

백주천이 턱수염을 쓸어내렸다.

공독지체라면 무한히 독기를 흡수하고 다시 배출할 수 있는 그릇이었다.

백주천은 공독지체를 이룬 천하제일의 독인을 꼭 한번 보고 싶었다.

그의 눈빛은 미끼를 문 붕어 같았다.

한빈은 지금이 낚싯대를 당겨야 할 때임을 알았다.

"그럼 그 독인을 보여 드리면 어떻겠습니까? 그럼 문을 열어 주시겠습니까?"

"그, 그럴 수 있겠나?"

"문을 열어 주시면 바로 보여 드릴 수도 있습니다."

"그 약속 꼭 지켜야 하네. 만약 자네 말이 진짜라면 나는 자네에게 또 하나의 은혜를 입게 되는 셈일세."

말을 마친 백주천은 결심한 듯 품 안에 손을 넣었다.

그러고는 육각형 모양의 금속판을 건넸다.

아무래도 그것이 백독 비고를 여는 열쇠인 것 같았다.

금속판을 건네받은 한빈이 물었다.

"어떻게 쓰는지는 알려 주셔야 하지 않습니까?"

"자네가 알고 있는 곳에 그걸 던져 넣으면 되네."

"던져 넣으라고요?"

한빈이 고개를 갸웃했다.

백독 비고에 대해서는 익히 알고 있지만, 이 열쇠의 사용법은 금시초문이었다.

한빈의 표정을 본 백주천이 품에서 바늘 하나를 꺼냈다.

그는 바늘을 탁자 위에 올려놓았다.

바늘은 벌이 날갯짓하듯 갑자기 떨리기 시작했다.

그것도 잠시, 허공으로 둥실 떠올랐다.

마치 허공섭물의 수법을 펼친 것 같은 착각이 들었다.

날아오른 바늘이 한빈을 향해서 날아왔다.

누가 보면 백주천이 암기를 쏘아 낸 것으로 착각하기 딱 알맞은 상황.

그 짧은 시간에 뒤쪽에 있던 설화가 반응했다.

스릉.

우렁랑검을 뽑고 앞으로 달려든 것.

한빈이 다급하게 설화의 소매를 잡았다.

동시에 금속판을 들어 올렸다.

신기하게도 금속판을 따라 날아오던 바늘이 방향을 바꾸었다.

마치 금속판이 바늘을 빨아들이는 것 같은 모양새였다.

팅!

경쾌한 소리와 함께 금속판에 바늘이 붙었다.

한빈이 금속판을 살피더니 말을 이었다.

"자철석이군요."

"맞네. 그건 쇠가 아니라 자철석으로 만든 물건일세."

"이게 열쇠입니까?"

"그렇다네. 백독 비고의 문이 어디 있다고 생각하나?"

말을 마친 백주천은 한빈의 대답을 기다렸다.

마치 제자에게 문제를 낸 훈장 같았다.

백주천의 질문을 받은 한빈이 아무렇지 않게 답했다.

"백령정에 있는 연못이 아닌가요?"

"오호, 어떻게 알아봤나?"

"잉어를 보고 알았습니다."

"잉어라?"

"살얼음이 낀 연못에 잉어가 꼬리를 흔들고 있더군요."

"흠, 연못에 잉어가 있는 것이 큰 대수인가?"

"잉어가 문제가 아니었습니다. 그 정도 기온에서 견딜 수 있는 종류의 잉어가 아니라는 점이 의심스러울 뿐이죠."

"그렇다면 그곳에 쓰인 진법도 발견했겠군."

"동경을 이용하신 것 같습니다."

"허."

"왜 그러십니까?"

"자네 혹시 하북팽가의 사 공자가 맞는가?"

"네, 맞습니다."

"그렇다면 하북팽가에서 이 진법을 안다는 말인가?"

백주천은 표정을 굳혔다.

"가문에서 아는 게 아니라 제가 아는 것이죠."

지금 한 말은 백주천을 안심시키기 위해서 한 말이었다.

그들의 진법을 천하 십대세가 중 하나인 하북팽가가 안다면 곤란할 것이었다.

하북팽가가 안다는 것은 정의맹이 안다는 것과 같다.

그들의 진법이 아무 쓸모 없다는 이야기였다.

사실 원래 알고 있다고 해도 발견하기 힘든 진법이었다.

그곳을 의심하고 있었기에 겨우 발견할 수 있었을 뿐이었다.

한빈이 어깨를 으쓱했다.

백주천은 한빈의 대답에 표정을 풀었다.

"혹시 혈후의 말대로 자네 얼굴 뒤에 노괴가 숨어 있는 것은 아닌가?"

"의심스러우시면 만져 보셔도 좋습니다."

"됐네. 아무리 그래도 은인을 의심할 수는 없는 일일세."

"어쨌든 감사합니다."

"그건 그렇고 공독지체를 이룬 독인은 언제 소개해 줄 텐가? 나는 언제든 좋네, 아니 언제까지라도 기다릴 수 있네."

"지금이라도 만나게 해 드릴 수 있습니다."

"그, 그게 무슨 말인가? 천하제일의 독인이 백독지회에 왔다는 말인가?"

"네, 그렇습니다. 지금 만나시렵니까?"

"그게 가능한가?"

"네, 가능합니다."

말을 마친 한빈은 손가락을 튕겼다.

딱!

그 소리에 청화가 고개를 갸웃하며 물었다.

"공자님, 혹시 저 부르신 거예요?"

"그래, 청화야."

"그냥 부르시지, 왜 손가락을 튕기세요?"

"네가 서운해할까 봐 그러지."

"제가 왜 서운해요?"

"지난번에 설화만 이렇게 부른다고 네가 서운해하지 않았느냐?"

한빈이 손가락 튕기는 시늉을 하며 청화를 바라봤다.

청화가 기억이 났는지 얼굴을 붉혔다.

"아, 공자님, 남들 앞에서는 조금 창피한 얘긴데……."

청화가 손을 내저으며 고개를 돌렸다.

누가 봐도 친남매 같은 훈훈한 모습이었다.

물론 그들을 바라보던 백주천도 마찬가지 생각이었다.

사이 좋은 남매와도 같은 그들의 모습에 가슴 한쪽이 따뜻

해지는 기분이었지만, 지금 중요한 것은 천하제일의 독인을 만나는 것이었다.

백주천이 미안한 표정으로 말했다.

"미안한데 천하제일의 독인은 언제 보여 줄 텐가?"

"지금 보고 계시지 않습니까?"

"서, 설마 자네가 공독지체를 이룬 독인이라는 말인가? 말도 안 되네. 하북팽가에서 검술의 천재를 배출한 것도 모자라 천하제일의 독인을 배출했다고? 거기에 진법까지 능한…….."

그는 한빈을 가리키며 횡설수설 말을 이어 나갔다.

아무래도 적잖게 충격을 받은 것 같았다.

한빈이 미안한 듯 고개를 저었다.

"문주님, 공독지체를 이룬 독인은 제가 아닙니다."

"그러니까 자네가 아니라면 대체?"

백주천이 사방을 두리번거렸다.

"이곳에 자네와 나 이외에 누가 있는가?"

"저 말고도 다른 사람이 여기 있죠. 청화야, 인사드리거라."

한빈이 청화에게 턱짓했다.

청화가 쑥스러운 얼굴로 포권했다.

"저는 사천의 당청화예요."

"백독지회에 참석한 독인들에게 들어 자네의 이름은 알고 있네. 상당한 성취를 이뤘다고 들었네."

백주천은 청화를 살폈다.

그가 보기에는 청화의 성취는 평범했다.

백독문 밖에서 독인들을 치료했다는 이야기를 듣긴 했지만, 사천당가의 특별한 해약으로 치료했다고 생각하고 있었다.

백주천의 호기심 어린 시선에 청화가 답했다.

"그냥 평범한 편이에요."

"사천당가에서 평범하다는 수준은 강호에서는 일류라는 소리인 게야. 그러니 겸손하지 않아도 되네."

"말씀 감사해요, 문주 할아버지."

"하하. 그건 그렇고 자네가 공독지체를 이룬 독인을 알고 있는 것이군."

"그게 전데요."

"그래, 자네가 천하제일의 독인에 대해서 알고 있군."

"천하제일의 독인은 모르지만, 공자님이 그러는데 제가 공독지체를 이뤘다고 했어요."

"그래, 그러니까……."

백주천은 말을 맺지 못했다.

그는 재빨리 청화를 살피더니 고개를 휘휘 저었다.

아무리 봐도 청화에게서는 천하제일 독인의 기세가 느껴지지 않았다.

"내게 농담하는 것이겠지?"

"아니에요."

말을 마친 청화는 슬쩍 한빈을 바라봤다.

한빈이 조용히 고개를 끄덕였다.

그 신호를 기점으로 청화가 백주천의 앞쪽 공간을 독기로 장악하기 시작했다.

독기만으로 공간을 장악할 수 있는 능력은 공독지체를 이룬 독인만이 가능한 수법이었다.

백주천은 앞에 거대한 벽이 생겼음을 깨달았다.

그것은 단순히 내공으로 만든 벽이 아니었다.

순수한 독기로 만든 벽이 분명했다.

독에서 순수하다는 것은 무엇일까?

그것은 저항할 수 없는 강력한 힘을 말하는 것이다.

백주천의 눈앞에 있는 벽이 그랬다.

그때였다.

그 벽이 점점 백주천에게 다가왔다.

백주천은 자신도 모르게 뒤쪽으로 슬며시 물러났다.

뒤로 물러나던 백주천은 고개를 갸웃했다.

다시 보니 벽은 그대로였기 때문이다.

백주천은 눈을 휘둥그레 떴다.

공격도 아니고 독인의 기세에 눌렸음을 깨달은 것이다.

그때 청화의 목소리가 울렸다.

"공자님, 그만해도 될까요?"

"그래, 수고했다."

한빈의 대답과 동시에 백주천의 앞쪽을 채웠던 독기가 신기루처럼 사라졌다.

그 모습에 백주천이 청화에게 한 발 다가갔다.

"저, 정말 공독지체가 존재하다니!"

"문주 할아버지, 괜찮으세요?"

"나, 나는 괜찮습니다."

"갑자기 왜 그러세요?"

"천하제일의 독인에게……."

"그냥 전처럼 편하게 말해 주세요."

"그, 그래도 되겠는가?"

"당연하죠. 공자님한테는 말을 낮추고 저한테는 말을 높이면 제가 불편해요. 헤헤."

청화가 해맑게 웃자 백주천도 마주 웃었다.

한참을 웃던 백주천은 고개를 돌렸다.

그는 본능적으로 한빈을 살피기 시작했다.

천하제일의 독인이 공자님이라 모시는 인간을 관찰하기 위해서였다.

공독지체를 이룬 독인을 시녀처럼 부리는 사람이 평범한 십대세가의 직계일 리가 없다.

십대세가를 평범하다고 하는 것은 조금 이상했지만, 지금 백주천의 감정은 진심이었다.

백주천이 갈피를 못 잡고 있을 때, 한빈이 한 발 다가섰다.

"문주님, 궁금한 게 있으면 물어보셔도 좋습니다. 대신 출출하니 간식 좀 부탁드리겠습니다."

"어, 내 다과를 다시 내오라 부탁하겠네."

말을 마친 백주천이 방 밖의 호위 무사에게 신호를 내렸다.

새로 들어온 다과 중에는 당과와 떡도 있었다.

거기에 만두까지.

덕분에 설화와 청화 그리고 소군의 표정은 그 어느 때보다 밝았다.

백주천은 문주로서의 체통은 잊은 채 대화를 이어 나갔다.

대화의 화제는 공독지체였다. 하지만 시간이 지날수록 한빈에게 집중되었다.

청화가 공독지체를 이루게 된 것이 한빈 덕분이라고 밝혔기 때문이었다.

청화가 공독지체를 이룬 것은 모두 용린검법의 기사회생 초식과 수많은 우연이 겹친 결과였다.

하지만 한빈이 이야기해 줄 것은 그리 많지 않았다.

공독지체를 이룬 핵심인 용린검법에 대해서는 말해 줄 수 없었다.

한빈은 자연스럽게 대화의 화제를 이번에 있었던 일련의 사건들로 돌렸다.

그러던 중 장자명의 이야기까지 나왔다.

사실 이것은 한빈이 일부러 꺼낸 이야기였다.

한빈은 장자명을 백독문의 영웅으로 만들어 주겠다는 약속을 잊지 않았다.

한빈이 장자명에 대한 칭찬을 쏟아 내자 백주천이 눈을 빛냈다.

"자네가 한 말이 모두 사실인가?"

"지금 제가 말한 장 의원에 관한 이야기 말입니까?"

"그렇다네. 철없는 자명이가 그런 계책을 세웠다는 것이 이해가 안 돼서 그러네."

"하하, 맞습니다. 이번 계획의 반은 장자명 의원 덕입니다. 어찌 보면 백독문을 구한 것은 백독문의 제자입니다."

"체면을 세워 줘서 고맙네."

말과는 달리 백주천의 눈빛은 살아났다.

문주로서의 기개를 되찾은 느낌이었다.

"체면을 세워 준 것이 아닙니다. 제가 장 의원에 대해서 한 말을 믿으셔도 좋습니다."

한빈이 가슴을 한 번 쳤다.

백주천의 입꼬리가 살짝 출렁였다.

그는 웃는 것도 아니고 우는 것도 아닌 묘한 표정으로 말을 이었다.

"믿는 도끼에 발등 찍혔는데, 그 상처를 치유해 준 것이 속 썩이던 막내라는 것이 희한하군."

여기서 믿는 도끼란 조기명을 말함이었다.

혈후와 그녀의 수하들이 백독문을 빠져나가자, 문파의 배신자인 조기명은 끈 떨어진 연이 되었다.

"세상 이치가 다 그런 법입니다."

"그 나이에 세상의 이치를 논하다니, 자네를 보면 항상 놀라게 되는군."

"뭐, 산전수전 다 겪다 보니 그렇게 됐습니다. 그럼 저희는 그만 백독 비고에 가 보겠습니다."

"알았네. 위험하면 꼭 나를 불러야 하네. 그리고 그곳에서 필요한 물건이 있으면 모두 자네가 가져도 좋네."

"그럼 미리 감사드리겠습니다. 하지만 백독문에 필요한 물건이 있다면 찾아서 드리겠습니다. 제가 생각보다 욕심이 없어서요."

한빈이 말이 끝나자 뒤쪽에 있던 설화와 청화가 재빨리 고개를 돌렸다.

설화가 갑자기 고개를 숙였다.

영문을 모르는 소군은 고개를 갸웃하며 한 걸음 물러서 설화의 얼굴을 확인했다.

순간 소군의 눈이 커졌다.

설화의 얼굴이 시뻘게져 있었다.

웃음을 참느라 얼굴이 벌게져 있었지만, 소군은 알아채지 못했다.

소군이 다급하게 물었다.

"어, 언니, 왜 그래요? 혹시 중독이라도 된 거예요?"

소군의 말에 백주천이 황급히 설화의 옆으로 다가왔다.

설화는 백독문의 귀빈이었다.

이유야 어쨌든 중독이란 단어가 나오자 가슴이 철렁 내려앉을 수밖에 없었다.

백주천도 벌게진 얼굴을 보고 고개를 갸웃했다.

"중독은 아닌 것 같네……."

"정확히 보셨습니다. 말씀하신 대로 중독은 아니니 걱정하지 않으셔도 좋습니다."

한빈도 알고 있었다.

아마도 웃음을 참으려고 하다 저리된 것 같았다.

어느 부분에서 웃음이 터진 것인지도 정확히 알고 있었다.

한기가 서려 있는 백령정 입구.

그곳에는 한빈보다 먼저 도착한 자들이 있었다.

그들은 다름 아닌 백의 수하인 초아 일행이었다.

한빈과의 싸움에서 패한 후 백독문을 지켜보던 초아 일행은 어부지리를 취하려고 했지만, 그것도 실패였다.

말도 안 되는 상황이지만, 혈후가 백독문에서 물러난 것이다.

거기에 백룡의 고수인 여춘수까지 몸이 완벽하게 회복된 채 백독문을 걸어 나왔다.

완벽하게 몸을 회복한 여춘수를 쥐새끼라 말할 수는 없었다.

초아 일행이 늑대라면 여춘수는 호랑이였다.

대체 저 안에서 무슨 일이 벌어진 것인지 알 수 없었지만, 그들은 이대로 백경의 백에게 돌아갈 수는 없었다.

지금 중요한 것은 초아의 머리에 이상한 금제가 걸려 있다는 점이었다.

금제는 당장 발동하진 않았다.

그 금제는 한빈이 심어 놓은 근묵자흑이었다.

근묵자흑의 금제는 백이 심어 놓은 금제와 간헐적으로 충돌하고 있었다.

초아는 자신이 살아남으려면 금제를 심어 놓은 붉은 무복의 사내와 다시 만나야 함을 알고 있었다.

하지만 붉은 무복의 사내는 백독문을 나오지 않았다.

시간을 지체할 수는 없는 법.

초아 일행은 백독문의 경계가 느슨해진 틈을 타 숨어들었
다.

그때 멀리서 낙엽 밟는 소리가 들려왔다.

사사—삭.

다음 권으로 이어집니다

천재 셰프 회귀하다

신사 현대 판타지 장편소설

독보적 미각의 천재 셰프
절망의 불구덩이에서 다시 기회를 얻다!

가스 폭발에서 사람을 구한 대가로
미각도, 손도 잃은 도진
재기를 마음먹은 어느 날
또다시 가스 폭발 사고에 휘말리고
한 번만 더 불 앞에 서기를 바라며 눈을 감는데……

미각과 손을 가져간 화마, 2회 차 인생을 선물하다?

고등학생으로 회귀한 후
과거의 지식과 경험을 바탕으로
요리계에 지각 변동을 일으키다!

요식업계 초신성에서 파인다이닝 오너 셰프까지
요리 명장의 인생 플레이팅!

꿈의 도약, 로크에서 하십시오
(주)로크미디어에서 신인 작가를 모십니다

즐거운 세상, 로크미디어는 꿈을 사랑하고 도전을 두려워하지 않는 작가 분들의 참신한 작품을 기다리고 있습니다. 21세기 장르 문학계를 이끌어 갈 차세대 선두 주자 (주)로크미디어에서 여러분의 나래를 활짝 펴 보시길 바랍니다.

모집 분야 판타지와 무협을 포함한 장르 문학
모집 대상 아마추어 작가, 인터넷 작가
모집 기한 수시 모집
작품 접수 시 유의 사항
    1. 파일명은 작가명_작품명.hwp형식을 갖춰 주십시오.
    1. 파일에 들어갈 내용은 다음과 같습니다.
       – 성명(필명인 경우 실명을 밝혀 주세요), 연락처, 이메일 주소
       – 제목, 기획 의도
       – A4용지 1장 분량의 등장인물 소개
       – A4용지 2장 분량의 전체 줄거리
       – 본문
    1. 작품이 인터넷에 연재되고 있다면, 게시판명과 사이트의 구체적이고 정확한 주소를 기재해 주십시오.

선택된 작품은 정식 계약 후 출판물로 간행되어 전국 서점에 유통됩니다.
작가 분은 (주)로크미디어의 전폭적인 지원하에 전속 작가로 활동하시게 됩니다.
※ 자세한 내용은 로크미디어 홈페이지(rokmedia.com)를 참조하세요.

(04167)서울시 마포구 마포대로 45 일진빌딩 6층
(주)로크미디어 편집부 신간 기획 담당자 앞
전화 : 02) 3273-5135
www.rokmedia.com   이메일 : rokmedia@empas.com